JN055150

琉球の手（ティー）

沖縄古来の
実戦的武術と
柔道の融合を目指して

岸本美一
Kishimoto Yoshikazu

風詠社

琉球の手（ティー）◎目次

本作品は事実を基にしているが、あくまでフィクションである。
よって一部の登場人物・団体名等は仮名とした。

序章　プロローグ

〝手(ティー)〟は琉球国で生まれた格闘術です。

この〝手〟が日本、いや世界の〝柔道〟を大きく変えた事をご存じでしょうか?

〝手〟は大正時代に内地(日本)へ伝わり、空手と名付けられ、二〇二〇年東京オリンピックの競技種目になりました(「形(かた)」と「組手(くみて)」の二種目)。

一方、柔道は一九六四年の東京オリンピックから競技種目として採用されました。

ところが一九六七年、柔道の体重別制が細分化されると、日本が徐々に世界で勝てなくなって来たのです。

慌てた日本柔道界は様々な強化策を練りました。

ここで一九七〇(昭和四十五)年、第一回全国中学生(校)柔道大会の開催に至ります。

ところが問題が生じてきました。

柔道は、競技経験者と、未経験者との差がすこぶる大きな競技です。

日本ではその頃、警察官や、柔道整復師、柔道愛好者が運営する町道場、小学生柔道の育成基盤が日本国中に整っていました。

強豪校の殆どが、小学生柔道の強者で編成されるようになり、越境入学も増えていきました。

この年の九月、私は高砂市立荒井中学校に柔道部を創部しました。

ところが、校区に町道場はなく、素人部員ばかりです。

しかし、怖いもの知らず。

中学デビューの、この素人部員達で全国優勝をしてやると、学校や地域に公言しました。

そして、全国優勝を実現させる為、毎日、三時間半程の練習を続けました。ところが、地区大会でさえ勝てません。それどころか、保護者や教師達から苦情が出始めたのです。

私は悩み、短時間の練習で勝つための練習方法を、様々な格闘技に求めました。喧嘩空手、少林寺拳法、合気道、そして行き着いたのが〝手〟です。

一九七四（昭和四十九）年七月。私は沖縄へ渡り、松田芳正先生の門を叩きました。

その時、心中に衝撃が走りました。

「これだ！」……〝手の柔道〟の始まりです。

成果は直ぐに結果として表れました。

翌年、地区大会で優勝し、県大会で三位に入賞したのです。翌翌年、これは、修学旅行と重なり二年生チームで出場、それでもベスト8に入りました。

そして三年目、中学デビューのチームは、遂に兵庫県で優勝し、近畿大会で準優勝を成し遂げ、全国大会へと駒を進めました。

勢いづきました。

四年目、兵庫県大会を二連覇、近畿大会優勝。全国大会で準優勝を成し遂げました。

日本中の指導者達が、荒井中学校の柔道を探り始めたのはこの頃からです。

五年目、兵庫県三連覇、近畿大会優勝、全国大会第三位入賞。

波紋は、日本国中へ大きく広がっていきます。そして、兵庫県、四連覇、五連覇と続きます。

そして、全国大会六年間連続出場の年、荒井中学校は中学デビューの選手達で、全国優勝を成し遂げていました。

中学校、高校の強豪校の監督達は無意識の伝道者、……〝手の柔道（ティー）〟を分析し、自分の立ち位置から地域、各都道府県、世界へと発信していきました。

ですが、悔しいことに、私は全国優勝した年には、宝殿中学校へ転勤していました。

「後、二年と四か月待て！」私は、心の中に誓いました。


話は戻ります。

荒井中学校は思惑通り、その次の年も兵庫県大会で優勝し、近畿大会でも優勝、全国大会へ七年連続出場を果たしました。

これで、私が荒井中学校で、柔道部へ引き込んだ生徒達への責任は終了しました。

次の年、宝殿中学校で三年目、〝手の柔道〟の強さを立証するシーズンが始まりました。

思惑通り破竹の勢いです。

宝殿中学校は当然のように東播地区大会で優勝し、兵庫県大会で優勝し、近畿大会で優勝し、全国大会で優勝を果たしました。


途中、「出る杭は打たれる」……教育委員会、地域社会、モンスターペアレンツからの様々な軋轢。

しかし、それ以上に、私をかばってくれる人達も大勢いました。

そんな中からの、私の学園ドラマとでもしておきましょう。
幾分、控えめに書いています。私の記憶の過ちはお許しください。
何かに、行き詰まりを感じている人に、このノンフィクション・ノベルを捧げます。

第1章　夜明け

(1) バンコク

一九六九（昭和四十四）年七月二十日、バンコク、アマリンホテル、ロビー。日本を出てから一週間が過ぎていた。

大型テレビの画面に見入る大勢の人々。

私達、天理大学柔道部選手団も、その大型テレビの画面に釘付けになっていた。

歴史的な瞬間、アポロ11号のアームストロング船長がゆっくりと月面に降り立つ。

ロビーにいた人々から歓声と拍手が巻き起こった。


興奮冷めやらぬまま、私達はホテルのクラブへ入った。

ステージの上では黒人のバンドが、耳が割り裂けんばかりの音量で演奏していた。

「パープル・ヘイズ（紫のけむり）……」

フロアーでは、軍服姿のアメリカ兵と女性達が入り乱れて踊っていた。

ばか騒ぎをしている連中は皆、二十歳前後のアメリカ兵。

彼らは束の間の休暇を楽しみ、又、ベトナムの戦場へと戻っていく。

私は彼らと同年代の二十一歳。

こいつらは、国で召集されて戦場で戦っているのだ。皮肉なことに、彼らの祖国では反戦デモが繰り広げられている。

そう思うと、私の心の中にはアメリカ兵に対する同情心が生まれた。

やがてそのステージが終った。

ふと、思った。

「こいつらの国の歌を聴かせてやろう。戦場で戦うやつらに日本人の存在感を示してやろう」

と、私は思った。

私は、マネジャーの所へ行き、

「ギターを貸してください」と、断りを入れた。すると怪訝な表情をして、バンドメンバーに訊けと言った。私はメンバーの席へ承諾を貰いに行った。

四人のメンバーがいた。その内の一人が、

「ドウゾ！」……その黒人男性は白い歯を見せてニッコリと笑った。私は舞台へ上がり、立ててあるエレキギターを手に取った。

皆の視線を身体全体に感じた。

「ピープル・アライブ・オン・ザ・ムーン」と言い、天井を指さした。

「人類は月へ到着した」と言いたかった。その言葉は正しいかどうか？　その時は分からなかった。

その後、

「私は日本人、岸本美一です。人類はやりましたよ。お祝いの意を込めて『朝日のあたる家』

を皆さんに捧げます」と、言い、私はギターを弾いた。

そして歌った。

「ニューオリンズの〝朝日のあたる家〟……」

終えると驚くほどの指笛と拍手が鳴り響いた。

スタンディングオベーション。

だが、思案した。

持ち歌は何曲か有ったが、プロテストソングばかりだ。戦場に戻る彼らには、相応しくない歌ばかり。

私はスタンディングオベーションに応えるのは止めた。


翌朝、バスで試合会場へ移動する。

国立体育館。

満員の観衆。大半はタイの人々だったが、日本企業に勤める人々や、その子供達が大勢、日の丸の小旗を持ち応援に来てくれていた。

日本は高度経済成長期に入っていた。

日の丸の小旗を持つ子供達が何故か逞しく思えた。

私達は準備体操をして、受け身のエキシビジョンから始めた。

後ろ受け身、前受け身、横受け身。

前方回転受け身は台馬をたてた。一人から始まり、二人、三人と監督は馬の数を増やした。

その背上を飛んだ。

その度に観衆から拍手と歓声が沸き起る。

十人目。

大の男達が軽々と飛び越える様には、競技者である私も見惚れていた。

私の番が回って来た。

何千もの観客の視線が私に集まる。

助走し、踏み切った。

その時、

「しまった！」踏切のタイミングがずれた。

私は飛び越すことが出来ず、十人目の馬の上に落ちた。

会場は「シーン」と静まり返る。

これがタイ国民の優しさなのかも知れない。

「昨夜の深酒が原因だ」と、私は心の中で言い訳をした。


我々の試合相手は軍人、警察官、学生等からの選抜だ。

しかし、我々は専門家、言わばプロ、彼らのレベルとは格段の差があった。

親善試合だと言う事で、岡野　功監督から四名に負けるようにとの指示が出た。私もその内の一人。嫌だが仕方がない。

試合が始まった。

皆、瞬く間に「一本！」を取った。早すぎる。これでは弱い者いじめだ。

私の番が来た。相手は大男。負けてやるのは悔しいが、ここは〝武士の情け〟そして見せ場！

「親善試合だ」と、自分に言い聞かせた。

「今度こそ、奇麗な受け身をとるぞ！」と、思っていた。

ところが始まると、困った事に、相手はただ腰を引いて逃げ回るだけ、技を仕掛けてこない。

これでは投げられようがない。

「早く技を仕掛けろ！」と、私は心の中で叫んだ。が、勿論通じる訳がない。

自分勝手に転ぶ訳にもいかない。だからと言って何もしないわけにはいかない。

ジレンマ……

「岡野先生に怒られる！」

仕方がなかった。私は軽く足を払った。

それが見事な送り足払いになってしまった。

相手はあたかも氷の上を滑った様に倒れてしまった。

「一本！」……審判の手が高々と上がった。

私は監督の岡野先生の方を思わず見た。怖い顔で睨んでいた。

席に戻った私の傍に岡野先生が来た。

「すみません！」と、私は謝った。

「あれは仕方がない」と言い、勝ってしまった事を慰めてくれたが、その顔は何か別の事を言いたそうだ。

「バカヤロー」と、怒鳴りたかったのだろう。

後の三人は見事な「負けぶり」を見せ、場を盛り上げた。

その都度、異常なまでの歓声が上がった。

試合が終わると、会場に来ていた日本人の子供達が、私をめがけて走って来て、サインをせがんだ。

私はいたって小柄。大男のタイ人を、何の変哲もない〝足払い〟で投げ捨てた。

彼らにとって、その時私は英雄だった。


大事な仕事が残っていた。

お土産を買わなければならない。

繁華街へ出た。

土産物を探し歩き回り、一軒の店に入った。珍しいものが山のようにある。思案した挙句、タイシルク三反と、ワニの剝製を買った。

(2) 屋上ディスコ

この遠征にくる二月程前、我々柔道部四回生は遠征の資金を稼ぐために、ディスコパーティーを開いた。

場所は天理商店街の入り口にあるビルの屋上。借りる折衝は私がした。バンドは一学年下の酒井が、神戸新開地の〝ディスコクラブ〟に出ているバンドに声をかけてくれた。

ところがそのスペースは百名も入れば満員。チケット一枚千円として、百枚×千円＝十万円。それでは遠征の資金どころか、経費も出ない。

「エエーイ！　どうにかなる！」私は同級生の平岡と相談し、チケットを二千枚作ることにした。印刷屋に頼むと、見栄えのする入場券を直ぐに作ってくれた。

その翌日、

「岸本、ちょっと来い！」練習をしていると、松本安市先生が私を呼んだ。私は道場の窓際に立つ先生の所へ走っていった。

横で橋元親先生が笑っていた。

緊張した。

案の定、

「ダンスパーティーはどうなっている。チケットは何枚作ったか？」と、訊かれた。

低音のガラガラ声、

「誰かが企業秘密をしゃべったな！　余計な事をしゃべるなよー」と、思いながらも、隠すほどの事でもない、

「二千枚作りました」と、私は正直に答えた。

すると、

「お前は馬鹿か！　あの屋上に二千人も入れるのか！」と、雷声、五百畳の道場の隅々までその声が響き渡った。

私の直立不動の姿勢が、更に硬直、道場で練習をしていた百五十人程の視線が集中した。

その後、松本先生はトーンを落とし、意外にも、

「必ず税金を支払いなさい！」と言い、にんまりと笑った。


同級生の平岡と二人で奈良県庁に割り印を押しに行った。

半券を基にして税金を払わなければならない。

県の職員が貸してくれた印鑑で、二人で一生懸命、割り印を押した。

一枚、千円だ。千円×二千枚＝二百万円。二人の印鑑を押す手に力が入った。

帰途、
丁度、国鉄櫻井線の帯解(おびとけ)駅についた時、次の作業を思い出した。

田井の庄ふるさと寮（柔道部寮）の管理者、近藤さんから、「ペプシ・コーラにスポンサーになってもらえ」と、助言を受けていた。

寮へ帰り、営業所に電話を掛けた。

すると、営業マンが直ぐに寮へ来てくれた。

私は、寄付をお願いした。すると話はとんとん拍子に進み、ペプシ・コーラ二百本を提供してくれることに成り、冷蔵庫も貸してくれることに成った。

営業マンが帰った後、近藤さんが「ペプシ・コーラとコカ・コーラの販売合戦が始まっているからな」と、笑いながら言った。

後は切符を二千枚捌くこと。

柔道部員を集め、分担してくれるように話をした。

柔道部は九州や北海道あたりから出て来た田舎者の集団。多少、懸念するところもあったが気持ちよく引き受けてくれた。

汗臭い彼らにも、軟派な世界への憧れがある。

京都出身の盆子原と笹川が、それぞれ、三十枚、広島出身の金原が五十枚、佐賀県出身の田代が十枚、そういえば神戸出身の片井は百枚受け持った。

私は五百枚。

その頃、私は県立添上高校の宿直代行員をしており、部活の生徒達との繋がりがあった。私は、宿直室にこれと思う生徒を呼んだ。

「リベートを一割やるからチケットを売ってくれ、野郎ばかりではつまらんので女子高生にも売ってくれ」と、頼んだ。彼らは気持ち良く引き受けた。十枚、二十枚と引き受けてくれる者も出て来た。

私の受け持ったチケット五百枚は直ぐに売り捌けた。

ところが本番の三日前、大変なことが起こった。私にビルの管理人から電話が入った。

電話に出ると、

「うるさい連中から、横やりが入っているので来てください」と、管理人はおびえたように言った。私は何事かと思い管理人の所へ飛んで行った。

「ご迷惑をお掛けします」と、私は管理人に頭を下げ、事情を訊いた。

「神農会の代表（親分）が、筋を通せ！と、言っています」と、恐る恐る言った。

私は思案した。が、今更、中止にも出来ない。

「エーイ、なるようになれ」

私は、管理人に神農会の事務所を訊いた。

少し臆したが勇気を出し、話を訊きに行くことにした。

その足で、神農会の事務所に向かい、自転車で十分ほど走った。

モルタル仕上げのビルがあった。

一階の入り口に、大きな木の看板がかかっていた。

ドアを開けて私は事務所へ入って行くと、二人の若い衆がいた。三十代後半と一人は十代後半だ。三十代の方は小指が無かった。

代表はすぐに帰って来るとの事で、私は待たせてもらう事にした。

勧められた椅子に座ると若い方がお茶を入れてくれた。

だが、二人は殆ど喋らず、私は無言の威嚇を受け続けた。

「何か喋らなくては」と思い、私は焦った。

私は気遣い症。

「小指、どうなされたのですか?」と、訊いてしまった。

その瞬間、

「しまった」と、思った。

二人は呆気にとられたような顔をした。

私は「すみません」と、思わず謝った。

その謝罪も、少しピントがずれている。

丁度その時、代表が帰って来た。

「おかえりなさい!」当番の男達は立ち上がり、大きな声で言った。私も思わず立ち上がった。

代表は黙って大きな机の前の椅子に座った。

「天理大学柔道部の岸本です。ダンスパーティーの事で来ました」と言い、私は頭を下げた。

「まあ座れ！」しゃがれた声で代表が言った。

「失礼します」と言い、私も座ったが、正直な話、少しビビった。

「君か？　パーティーの責任者は？」

「ハイ！」

「ええ度胸しとんのー。儂が誰か知っとんか？」

「ハイ！　存じ上げています」

「そうか、まあええ、ところで券、何枚捌くつもりや」と、訊いた。

「二千枚です」と答えた。私はその瞬間、ショバ代を出せと言われるのだと思った。

すると、

「お前、それは無茶や、雨が降ったらどうするつもりや！」と、代表が言った。その時、私に、何となく安堵感が生まれた。

「そこまで考えていませんでした」と、答えると、

「東南アジア遠征の費用は出るのか？　券の残りが有ったら儂が受けたる」と、心配げな顔つきになった。

われわれのダンスパーティーの目的を、何処かで耳にしたようだ。私は急に親近感を持った。

「自己負担分があるのでトントンと言うところです」と、私は答えた。

すると、

「そうか、ちょっと待っとけ」と言い残し、立ち上がり奥へ入っていった。

奥から何やら、話し声が聞こえて来た。

五分ほど経った。

代表は和服姿の女性と戻って来た。

「若い奥さんだな」と、私は思った。同時に見た事のある人だと思ったが、思い出せなかった。

彼女は盆にのせた祝儀袋を代表に渡した。

「岸本君、気持ちだけやけど柔道部に寄付するわ、頑張って来いよ」と言い、代表は祝儀袋を私に差し出した。

「寸志」と墨で書かれていた。

すこし躊躇いも有ったが、私はそれを受け取った。

出発の一日前、
松本安市先生は私達を集めて注意をした。
「お前達はデモをやっている同世代の連中をどう思う?　岸本言ってみろ!」
と、私に言った。
「親のすねかじりが、軟弱だと思います」と、答えた。
「それだけか?」と、先生は言った。私は、「ハイ」と答えた。

すると「東南アジアの現状を自分の目で見て確かめてこい」と言った。
それ以上、先生は自分の考えは話さなかった。
その後、
・生水は飲むな！
・土地勘のないところでは喧嘩をするな！
・軍国主義はよくなかったが卑屈になる必要はない。胸を張れ。お前達は日本の代表だ。
今思い出せばそれ位かな？……そうそう、日本人が持つ自虐史観を比喩する話をし、批判されたようにも思う。

一九六九（昭和四十四）年七月、ダンスパーティーで稼いだ金と、寄付金を旅費の一部にして、天理大学柔道部四回生十七名は大阪空港を出発し、二十日間の東南アジア遠征に出発した。

（注）遠征と言う言葉はあえて、当時のままで表現した。

（3）卒業論文

帰国後、神農会の事務所へ挨拶に行った。代表は私達が帰るのを心待ちにしていた。
「日本のＯＤＡは上手くいっていたか。街の復興は？」代表は、忙しなげ（せわ）に聞いた。

海外渡航が少なかった時代の事、ましてや東南アジアだ。日本人の自虐史観とは逆に、皇国史観を心情とする人達にとっても、我々の遠征は大きな意義を持っていた。

「奥さんにどうぞ！」と言い、バンコクで買ったタイシルクを渡した。店員に着用者の年齢を訊かれたが、分からなかったので三十歳位とさばを読み、苦心惨憺して買い求めたものだ。

私はサンペーン市場の土産物屋のおばさんの日焼した顔を思い出していた。

ところが、

「ありがとう。せっかく買ってきてくれたのだが、儂には嫁はおらん」と、代表は素っ気なく言った。

「すみません」私は頭を掻いた。

すると代表は、

「奈々を呼んで来なさい」。その後、「お茶でも飲んで来なさい」と、若い衆に言いつけ、兄貴分らしい男に一万円札を渡した。男はそれを受け取り、奥へ入って行った。

「姐さん、親父さんがお呼びです」奥から、若い衆の声が聞こえて来た。戻って来た若い衆は、兄貴分と二人で外へ出て行った。

しばらく時間があった。代表は私に気遣い、間を繋ごうとして、戦争の話をした。

私の親父にも軍隊経験があり、小さい頃から戦争の話を訊かされていた。代表の口調は親父に似ていた。

すると、

「又、戦争の話をしているの？」と言いながら、奈々と思しき人物が、奥から出て来た。

「すみません。嫌なお話をして」前に祝儀を持って出て来た女性だ。私は奥さんだと勘違いしていた。

「娘の奈々や」と、私に紹介した。

「嫁に買ってきてくれたらしいが、お前がもうとけ」と言い、タイシルクを奈々さんに渡した。

私にはその言葉が嫌味のように聞こえた。

奈々は薄いブルーのタイシルクの生地を受け取ると、嬉しそうに体に当てた。

よく似合っていた。

「サンペーン市場の陽気なおばさんには、千里眼が有ったのだ」このタイシルクを、強引に売りつけたおばさんに、心の中で感謝をした。

「ところで岸本君は卒業したらどうするのや？」と、代表が訊いた。

「はい、アフリカへ柔道の指導に行こうと思っています。が、卒業論文が残っているんです」と、私は答えた。

「卒業論文なー、何を書くんや？」と、代表が訊いた。

「柳生新陰流について書こうと思っています」と、私は答えた。大学の剣道講師の萩先生から指導を受け、テーマは決めてあった。

「岸本君は柔道部だろ、それが何故剣道なんや、お前も変わっているなー」と言い、笑った。

「柔道は嘉納治五郎先生が柔術から危険な技を取り除きスポーツ化したもので、柳生新陰流が大きな影響を与えたと聞いています」と、萩先生の受け売りをした。


萩先生は剣道授業の時、「剣術には投げ技が必須条件なんじゃ」と言い、私の竹刀に自分の竹刀に合わせた。

「押してみなさい」と言うので私は少し前へ出た。すると、巧みに自分の足で私の足を払った。私の身体は宙にとんでいた。

「柔道の基になった起倒流柔術は、柳生新陰流から派生したものなのだ」と、萩先生は教えてくれた。

すると代表は、

「そうか、こう見えても儂は柔道も剣道も二段なんや。昔は日本刀を持って暴れまくったもんや、まだやれるでー……」と言い、立ち上がると机の後ろに飾ってあった日本刀を鷲掴みにし、一礼をすると鞘から抜いた。その所作と、瞬間の目つきが私を威圧した。

「お父さん、いい加減にしてください。早く刀をしまって!」と、娘の奈々が怒ったように言った。


私は代表が刀を抜く時と、収める時のさりげない所作から、殺気のようなものを感じた。

代表が、

「出身は何処や？」と訊いた。

私は「兵庫県です」と、答えると、
娘の奈々さんが、

「岸本さんは何故、奈良の片田舎の天理大学へ来たんですか」と、私に訊いた。

私の身上調査に変わった。

「実は、天理大学への入学は、いろんな経緯があり、周りの人達が決めたのです。でも今は決めてくれたことを感謝しています。東の東大、西の天理、私はそう思っています」と、答えると、

「そうよね、インターハイ上位入賞クラスでないと入れないのでしょう」と、娘の奈々さんが言った。

（４）入学の経緯

一九六六（昭和四十一）年三月、私は天理大学体育学部体育学科格技コースを受験した。

私が中学生の時に柔道の手ほどきを受けた、町道場の花光長治先生が、大日本武徳会武道専門学校出身の籠谷幸夫先生に私を推薦したのが始まりだ。

籠谷先生は兵庫県柔道界の重鎮。市議会議員、会社経営と様々な分野で活躍しておられた。

私には柔道の大きな実績は無かったが、何度か私の試合を見ておられ、私の事をよく知ってくれていた。

しかし、天理大学は私の実績ではとても入れるような学校ではない。

籠谷先生は、私を大器晩成とこじつけて、大日本武徳会武道専門学校の先輩で、当時、天理大学教授の松本安市先生に強引に申し入れをした。

その籠谷先生を、同級生の助教授、橋元 親先生がバックアップをした。

松本安市、橋元 親、籠谷幸夫、武道専門学校出身同士、三人は先輩と後輩と言う固い絆に結ばれている。

実に大層な推薦者達。


入試前の、寮生活を伴う一か月程の体験入学が始まった。

ふるい落としの為の体験入学。

ここから私の苦行が始まった。

集まった連中はインターハイ優勝者や、それぞれの県を代表する者ばかり。

私には誰一人敵う相手はいなかった。

しかし、顔を潰すわけには行かない。

厳しい稽古とトレーニング。

坂道ダッシュ、脚が進まなくなっても手を使って走った。

そのうち、櫛の歯が欠ける様に、柔道の英才が少しずつ逃げ帰った。

「逃げるな！」私は、村上水軍の末裔。幼児の時から私は言い聞かされ育てられていた。

そのおかげか、意地だけは誰にも負けなかった。

私は耐えに耐え、受験までたどり着いた。

その後、合格してしまった。

「どえらいことになった」……と、私は思った。

(5) 徴兵制度

松本安市先生は、東京オリンピックの日本柔道監督。

橋元 親先生は、全日本選手権三位、アントン・ヘーシンク、オリンピック重量級の金メダリスト。

古賀正躬、井上正信先生は東京オリンピックの候補選手、山本義泰先生、東京オリンピック中量級、銅メダリスト（韓国代表）。岡野功先生、東京オリンピック中量級金メダリスト。

そうそうたる指導者達。

「こうたーい！」時間係が大きな声で叫ぶ。

ヘーシンク先生に相手をして貰おうと、群がるように学生達は走っていった。

強かった。鬼のように強かった。

ところが、
岡野功先生はいつも空き、何故か学生が敬遠した。

道場の真ん中で、練習相手を求める為に手を振っていた。それでも、学生達は敬遠した。最後は大きな声で指名。

「笹原来い！」笹原さんは私の二学年上（後に世界選手権、軽重量級で二連覇）。

二人の稽古はいつも喧嘩腰。私に言わせれば〝手〟の自由組手。

笹原さんは岡野先生の掌底で何時も鼻血を流していた。

そんな先生方の指導を求めて、アメリカ、フランス、オランダ、コスタリカ、メキシコ、シンガポール、韓国。世界中から学生や軍人、警察官が集まって来た。五百畳の道場はいつも国際色豊かだった。


私が二回生の時、韓国、延世大学の学生と親しくなった。

苗字は金（キム）、セカンドネームは忘れてしまった。

ある時。

「話がある！」と、金が言った。

私は金と天理駅前のビルの地下にある「マロニエ」と言う喫茶店へ入った。

私達のたまり場。

金は珈琲を注文し、私はソーダ水を注文した。

「岸本、僕は国へ帰るよ。戦争に行かなければならなくなった」と、深刻な顔をして言った。

ベトナム戦争。

数日後、私達柔道部員は、韓国へ帰る学生達を近鉄天理駅まで見送った。

「光雲千里曙の彼方吉野の山桜……」皆で天理大学「逍遥歌」を歌い、金を見送った。

話は横道へそれる。

それから約三十年後、韓国の安養市にあるボンケ中学校の柔道チームが高砂市へ来た。

チームの代表は金正男さん。私より少し年下かな。

電機会社の経営者で日本語が少し話せた。

アメリカが主要な取引先だそうだ。

「岸本さんは天理大学出身だそうですね」

「そうです」

すると、

「兄貴も天理大学へ柔道の練習に行っていました」と、正男さんが話した。私に対する情報を得ていたようだ。

私はしばらく考えた。

やがて、記憶がよみがえり、正男さんの言う人物が浮かび出て来た。

「兄貴さんはお元気ですか？」と、私は訊いた。

「天理から帰った後、兵役につき、ベトナムで戦死しました。本来なら、会社は兄貴が継ぐべきだったのですが」と、答えた。

「マロニエ」で、韓国人の金と話をしたことを、昨日の事のように思いだした。


金が韓国へ帰ってからも同じようなことが有った。

カリフォルニア、サンノゼ大学のアメリカンフットボールチームが合宿に来た。

全員が一メートル九〇センチ前後のバカでかい連中ばかりだ。

柔道をアメリカンフットボールに取り入れる事を試みていた。

「親父達の世代は、こいつ等の親父達の世代と戦争したのだ！」と思った。

彼らはタックルの癖が抜けきれず、柔道の練習では遮二無二前へ出るばかり、馬鹿力で押しながら前へ出て来る。力を使わなくても背負い投げが通じた。

その内、一人と親しくなった。マークと言った。

私と同年。

マークを誘い「マロニエ」へ行った。

私は、韓国からの留学生の金が、ベトナム戦争へ行ったことを話した。

「君達は良いなー。僕達の国は徴兵制度があるんだ」と、マークが言った。

今でもその時の事を思い出すことがある。

願わくば徴兵されずに生き延びて、今は、少年達にフットボールのコーチをし、「その転び方では駄目だ！　怪我をする！」と、がなり立てながら青少年の健全育成にでも取り組んでいて欲しい。

そして、天理大学での、我々との合宿を思い出してほしい。

（6）海外雄飛

大勢の先輩方が海を渡り、柔道指導に携わった。

フランス、オランダ、インドネシア、シンガポール。

私の夢も海外雄飛へと膨らんで行った。

アフリカのブラザヴルコンゴ（コンゴの首都）から帰って来た高橋と言う先輩がいた。

高橋先輩は寮の自分の部屋へ後輩を集め、茶碗酒を飲みながらよく駄弁った。

空港で出会った女の話をよく訊かされた。

「金髪の女と、サハラ砂漠の赤い夕陽」先輩得意の話の情景だ。

そんな話をするとき、先輩は主人公になり切っていた。

インドネシアから帰ってきた鹿児島出身の遠藤先輩も衝撃的な話を聞かせてくれた。毛むくじゃらでゴリラのような胸板をしていた。

浜辺のハンモックに寝そべって、ウイスキーを飲みながら、銃で椰子の実を撃つ話を聞かせてくれた。

当たった瞬間に、椰子の実は粉々に割れて飛び散るそうだ。

ある時、遠藤先輩は警察官をしている柔道の弟子達についてこいと言われ、四輪駆動車の助手席に座ったそうだ。

業務は……〝娼婦狩り〟。

現場に到着し、用心棒達と問答の末、警察官が店の中へ踏み込んでいく、瞬く間に護送用のトラックは娼婦でいっぱいになる。

署に戻ると警官達から、はやし立てられるように、娼婦達の面通しをする様にと、言われたそうだ。

並ばされた二十人程の娼婦の面通しをすると、皆、ウインクを返したそうだ。

その後、署長室へ行くと、

「良い女はいたか?」と、訊き、署長もウインクをしたそうだ。

選ばれた娼婦は罰金なしで釈放されるとの事。……選んだのか？　選ばなかったのか？　その後の事は先輩の名誉の為に秘密にしておこう。

私はすぐに感化された。

だが〝娼婦狩り〟に感化されたのではない事だけは申し添えておく。

寮生活では外国帰りの先輩達がよく衝撃的な話を聞かせてくれた。


私の卒業後の進路は海外雄飛に固まっていた。

そんな時、
アフリカ帰りの高橋先輩が、ブラザヴィルコンゴの天理教教会の開設者の一人、天理高校の清水校長の所へ連れて行ってくれた。

すると「やわな人間ではつとまらんよ」と言いながらも、私のアフリカ行きを直ぐに了承してくれた。清水校長はやんちゃな私を知っていた。

一九七〇（昭和四十五）年、卒業した年の七月から、私はアフリカのフランス領、ブラザヴィルコンゴで柔道指導に携わる事に成った。

私は人生設計をした。

二年間の柔道指導の任期を終えたら、フランス外人部隊へ入隊しよう。

「サハラ砂漠・金髪の女・赤い夕陽」それらのシチュエーションが私の心を掻き立てた。

ある時、外人部隊への入隊の方法が分からなかったので先輩に訊くと、

「パリの街角のカフェに張り紙がしてある」と、教えてくれた。

粋！

その光景を思い浮かべ、ドラマティックな感動に震えた。

除隊後は、
・フランス語を駆使して貿易会社を経営する。
・フランス人の嫁を貰う。
単純な、私の海外雄飛の夢は膨らんでいく。

(7) 学生生活

一回生の時、喧嘩をして無期限の外出禁止。
柔道部の寮は天理教の宿舎を借りていた。
〝田井之庄ふるさと寮〟と、聞こえはいいが木造建築の簡素な建物だ。
八十名程がお世話になっていた。
与えられた罰は便所掃除と風呂番、電話番だ。
便所掃除は便器の裏まで雑巾で磨いた。
風呂当番の事を書いておこう。
風呂当番は上級生の身体を洗うのが仕事。
江戸時代で言う三助だ。
困ったのは先輩に髭をそれと言われたこと。

棒状のカミソリを使った。

Ｔ字のカミソリが出始めの頃、当時の天理柔道部は九州出身者が多かった。

何故か、九州出身者は、たわしのような髭づらが多かった。

顔を切ってしまったら「どつかれる」。

湯につかる暇もなく二十人程洗う。

冬の寒い時だった。だだっ広い風呂場は異常に寒かった。

ある先輩が私に水をかけた。

私は切れた。「ダボがー」。本能的に播州弁でどなってしまい、風呂桶をぶっつけた。当たらなかったが同級生に制止され、それ以上は出来なかった。

風呂当番を終え、部屋へ戻った。

「一回生集合！」待ち構えていたように上級生の声。

一回生が全員集まり廊下へ正座した。これは臨時の反省会と呼ばれた。

とても受け入れられない暴力的なものが始まる。

そんな時、沖縄出身の真喜志先輩が私をよくかばってくれた。

この人も髭が濃かったが、自分で剃っていた。多分、私のカミソリ使いが怖かったのだろう。

私の罰としての寮当番は一月程続いた。

(8) 革新的トレーニング

二回生の時、喧嘩をして天理署の留置場へ放り込まれた。

調書を取られていた。

その時、柔道部の古賀先生が現れた。

いきなり、五、六発顔を叩かれた。

すると、警官は、私が可哀そうになったのだろう？　古賀先生を制止しながら言った。

「釈放します」……。

私は古賀先生の後を追うように署の外へ出た。

古賀先生は自転車の方へ歩いて行った。

すると、

「岸本運転しろ」と、古賀先生が言った。

私はブタ箱に放り込まれるよりましだと思った。古賀先生を後ろに乗せ、自転車のペダルをこいだ。

この時代も二人乗り禁止！

「もっとスピードを出せ！」背中ごしに先生からの厳しい要求。

私は警察署から逃れるように必死にペダルをこいだ。

ところがやけに重くなった。

パンクをしてしまった。

自転車から降りた、古賀先生は私に言った。

「かつげ！」……私は自転車を担いだ。

それで終わったわけではなかった。

「ついてこい！」……古賀先生はジョギングを始めた。

いや、先生のジョギングのスピードは半端でなかった。意地の悪い古賀先生はそれでは終わらない。途中にダッシュを入れるようになったのだ。

私は自転車を担いで必死になり後を追いかけた。

自転車屋が近づいて来た。

古賀先生が止まった。

私は息切れがして座り込みそうになった。やっと終われると思った。

すると、
古賀先生は「ニヤリ」と、不気味な笑い。

そして、

「最近太り気味だ」と、言った。

「進路変更！」と、私に言うと、前栽（近鉄天理駅の次の駅）にある自転車屋を目指して走りはじめたのだ。

街の人々は不思議な光景に見とれていた。

(9) 極限のダイエット

ダイエットをしようと思っている人にお教えしておこう。

三回生の時、減量を伴う試合に出る事になった。

私は出場階級を一階級下で申告していたので、一月で体重を一三キロ程、落とさなければならなかった。

現在の様に体重が細分化されていなかった。

減量を始めた。

食事を一食に減らし、練習の後、何キロもランニングをした。

三週間で一〇キロ程、減量ができた。後、三キロ。

ところが、そこからが大変だった。

身体中がカサカサになり、発疹が出来始めたのだ。片井に相談すると、

「梅毒の末期症状やないか?」と冗談のように言った。

私は心配になり、病院へ行った。

「極限の脱水症状です。減量は止めなさい!」と、医師からの指示がでた。

だが、私は試合に出たかった。
後、三キロ。
水だけ。絶食し走った。
試合当日、とうとう計量をクリアーした。
そこまでが限界。
自制心は全く無くなっていた。
水を飲み、パンを食べた。
試合が始まった。夢中で戦ったが思うように動けない。
時間が来た。引き分け。延長戦。私は精魂尽き果てていた。
結果は判定負け。
相手の選手は順調に勝ち上がり優勝した。
私の体重は三日ほどで元へ戻っていた。

この年の終わり頃、前述した東南アジア遠征を、松本安市先生が我々三回生を集めて提案をした。
松本安市先生は、教師になる学生達が多い体育学部から、今までの義務教育、高校教育で叩きこまれた自虐史観を是正させ、日本の国を発展させたいとの思いがあったのだろう。

(10) 思春期

四回生、私は松本安市先生の配慮で、天理の外れにある添上高校へ宿直代行員で行くことになった。

勤務時間は、午後六時頃、添上高校へ行き、午前八時まで。

職務は夜の巡回が二回と緊急時の対応。

根拠地である宿直室には、部活を終えた生徒達が集まり、やがてそこはたまり場になった。

思春期真只中の高校生達は、青春の思いや悩みを私に語った。

ある時、テニス部二年生の女の子が練習を終え、やって来た。

「お兄ちゃん、日曜日、テニス部の先輩から『デートするので付いてきて』と誘われたの、ついて行ってくれない？」と、私に言った。

「二人で行ったら良いんと違う？　そう言うたら」と、私は答えた。

「恥ずかしいからだって。お兄ちゃん……一緒に行ってよ」と、その女の子が言った。

めんどうくさかったが、結局、私はついていくことにした。

デートの場所は奈良公園、「ささやきの小径」。

アセビの森。ここだけは鹿がデートのじゃまをしない所だと教えてくれた。

前を彼女の先輩達二人が歩いた。二人が急に速足になった。

私達二人は取り残されそうになり、私は歩みを早めようとした。

すると「お兄ちゃん、放っておきましょう」と言い、女の子が私の手を握って来た。

前を歩いていた二人は視界から消えていた。

「お兄ちゃん！」その女の子が私の顔を見た。

「仕組まれた」と、私は思った。

今の時代の高校生の事は余り知らない。だが、思春期の高校生徒は、そんなものなのだろう。

と、思う。

(11) 自虐史観

松本安市先生の話した自虐史観で思い出したことが有る。

中学生時代、私は吹奏楽部に所属していた。

楽器はトロンボーン。私はトランペットを吹きたかったが顧問が否定した。理由は唇の形が合ってないからだそうだ。

中三の時、キャプテンになった。

秋の地区中学校の演奏会前、
私達は選曲を顧問から任された。

三十余名の部員達と話し合うと、色々な曲名が上がった。

その結果、〝軍艦行進曲〟（瀬戸口藤吉作曲）になった。私は、顧問の所へ行き、選んだ曲名を言った、すると「日本の軍歌はだめだ」と、顧問が怒るように言った。

そして、「これにしろ！」と言い、一枚の楽譜を渡された。

それは、〝海兵隊〟……アメリカの軍歌。

しぶしぶ私は楽譜を受け取った。


演奏会当日、加古川の中部中学校は、〝満洲の丘に立ちて〟を演奏した。これはロシアの軍歌。

アメリカの軍歌が良くて、ロシアの軍歌が良くて、日本の軍歌は駄目！

この矛盾に私は頭にきた。

「先生、『軍艦行進曲』はパチンコ屋で毎日掛かっていますよ！」と、私は抗議をした。

すると、「馬鹿垂れがー」と、顧問が激怒した。


私は昭和四十五年に教員に採用された。

当時、殆どの教職員が加入していた日本教職員組合を脱退したのは、この時のトラウマが原因だったのかもしれない。

あれから六十年程の歳月が過ぎた。

沖縄の小林流妙武館総本部にジェフリーさんと言う、アメリカ海兵隊の高官がいる。

ある時、私は中学生時代の話をして〝海兵隊〟を口ずさむと、彼も笑いながら控えめにハミングをした。

「『海兵隊』もいい曲だ」と、六十年ぶりに再認識した。

時々、中部中学校が演奏した〝満洲の丘に立ちて〟を、ユーチューブで聴くこともあったが、二〇二二年二月二十五日、ロシアがウクライナに軍事侵攻したので止めた。

暗い感じがするが、中々の名曲だ。

早くウクライナに平和が訪れて欲しい。

第2章　分岐点

教師に

(1) 手(ティー)への予兆

九月の終わり、

卒業論文は仕上げの段階に入り、私は萩先生の紹介状を持ち柳生家の菩提寺、芳徳寺を訪ねた。

笠置駅を降り、杉の大木が生い茂る山道を柳生の里へと足を運ぶ。

柳生の里は、奈良市と京都府とが隣接する山間部にある。

夏の残照で流れ出た汗も、木々の生い茂る山道を歩くうちに、いつの間にか引いていた。私は昔の剣豪のような気分になり、ゆったりと柳生家の菩提寺、芳徳寺まで歩いた。

芳徳寺の玄関口には白いなめし革で包まれた〝袋竹刀〟が置いてあった。

住職は私と同郷の播州赤穂の人、私は卒業論文について説明し、柳生新陰流について教えてもらった。

その内容を当時のノートから拾い上げてみよう。

・四百五十年程前、上泉信綱と言う武術家が新陰流と言う流派を創始した。
・他流派は木刀を使用して稽古をしたが、安全性を考慮し、袋竹刀を考案した。
・新陰流が柳生家に伝わり柳生新陰流になった。初代は柳生宗厳（柳生石舟斎）。
・柳生新陰流は投げ技、当て身技も使用した。起倒流柔術が派生。
・坂本龍馬の学んだ北辰一刀流も袋竹刀を使用した。
・嘉納治五郎が起倒流柔術を習う。
・柳生石舟斎が徳川幕府の指南役になったきっかけは〝無刀取り〟。
・新陰流は起倒流、柳生心眼流、小栗流等などの柔術諸流派を生んだ。
住職は歴史から技法迄、柳生新陰流について説明をしてくれた。

私は住職を相手に柔道の「極めの形」……の説明をした。

終えた後、

「正しく、無刀取りだ」と、住職は感心したように言った。

嘉納治五郎が、いかに安全性を重視し〝柔道〟を競技スポーツとして創り上げたかと言う事を住職は納得した。

剣道家でもある住職は、柔道を通じて改めて剣術を理解した。私は〝無刀取り〟を通じて柔術から柔道への流れを理解した。

時間は瞬く間に過ぎ去った。

この五年後、私はこの大きな流れの中から創り上げられた柔道に、〝手(ティー)〟を組み入れる事になるが、今から思えば、この経験が元にあるのだと言えるだろう。

〝手〟……しいて言えば琉球の柔術。

おこがましくも私はそれを〝手の柔道〟と名付けた。

やがて、

〝手の柔道〟は日本柔道、いや世界の柔道に、変革をもたらしていくことになる。

私は柳生の里から帰ると、天理図書館へ通った。そこには柳生の里で仕入れた知識に符合する文献が山のようにある。これらを読みあさり、私は一気に卒業論文を書き上げた。

その後、卒業論文の清書を添上高校女子テニス部の奥野さんにお願いした。

(2) スカウト

一九七〇(昭和四十五)年二月の終わり頃、卒業式が迫っていた。

一回目の校内巡視を終え、宿直代行員日誌に、巡視時間、八時半~九時半異常なし、と記入した。

その時、電話が鳴った。

悪い予感、

電話に出ると、……所が陽気な声が聞こえてきた。

「岸本君！　今から学校へ行くぞ」……聞いたような声、だが分からない。

「どちら様ですか？」

「儂や！　儂や！　水臭いぞ、儂や！」……二、三度繰り返した。やっと声の主を思い出した。

私は校門へ行き、代表を待った。暫くして月明かりに三人連れが、歩いてくるのが見えた。

代表はお供の若い衆を連れていた。

私は三人を学校の中へ迎え入れようとした。

すると、

「それじゃ、駅前で待っています。親父さんをお願いします」と、二人の若い衆は丁寧にお辞儀をし、来た道を戻っていった。


私は代表を宿直代行員室へ案内した。

「えらいところに住んどるなー」代表は部屋の中を見回し驚いたように言った。

色褪せた畳、布団入れの襖は破れたまま。

「汚い部屋やのー。ブタ箱の方がましや」と、笑いながら言った。

その後、

「美味いぞ！　喰え」と、言い、手に提げていた紙袋を私に渡した。

みると、近鉄奈良駅近所にある一流の寿司屋の紙袋だ。中には大きな折詰が入っていた。

私はすぐに折詰を開いた。大きなネタの握り寿司。トロ、イカ、イクラ……食べた事もないような寿司ネタが入っていた。私は欠食児童のようにそれを頬張った。

「こんな、うまい寿司を食べるのは生まれて初めてです」と、私は言うと、
代表は満足そうに、

「ゆっくり喰えよ、誰も盗らへんからな」と言い、テーブルの端に置いていたポットから、私にお茶を入れようとした。

私は慌てて食べるのをやめ、二人分のお茶を入れた。


食べ終えた私に、代表は突然切り出した。

「岸本君、卒業したら儂の所へ来てくれへんか?」

「どういう意味ですか?」

すると、

「儂の仕事を手伝って欲しいんや」と、言った。

「テキ屋さんですか?」と、私は訊くと、

「そうや、テキ屋や。皆に楽しんでもらえる面白い仕事やぞ」と言い笑顔に変わった。

「男はつらいよ、の寅さんカッコいいですね」と、私が冗談めかして言うと、

「儂の方が男前やろう」と、私の冗談に乗った。

「勿論です」と、私は答えた。代表は寅さんと言うよりも、当時、はやっていたやくざ映画の主人公そのものだった。若い時はそちら側の人間だったと言う事は聞いていた。

　真剣な顔に戻り言った。

「奈々が、新しい西洋式のエンターテインメントとやらを、テキ屋に取り入れようと考えているみたいなんや」

「エンターテインメントとは何ですか？」と私は訊いた。

「儂も分からんけど、ギター弾きや、ヴァイオリン弾きを屋台の近所に並べるみたいやで。場所もお寺や神社だけでなく、都会の公園や街角、いずれはコンサートホールにも進出したいらしいぞ」と、言った。

「それやったら芸能プロダクションやないですか、さすが奈々さんですね。面白いやないですか」

「そうや、少しずつそうなっとるわ。ところが、簡単にはいかんことが出て来たんや」

「どんなことですか？」

「もめごとや。実は〝ヤクザ〟がわしらの仕事に割り込み始めたんや。……そこでや、岸本君の出番や。是非、奈々を手伝ってやってくれ」

「ヤクザを相手に仕事なんかようしませんよ。それに、アフリカへ行くことになっています」

と、私は答えると、

「いや、出来る！　現に君は、儂の事務所へ一人で乗り込んできたやないか！　もう一度考え

直してみてくれ！」と、代表は私に強く言い、その後、

「奈々からも、直接話を訊いてやってくれ」と言った。私は無下に断ることが出来なかった。

結局、翌々日、食事に付き合うことになり、奈々さんから改めて話を訊くことになった。

話しが終わり、櫟本の駅前迄、代表を送って歩いた。


二月の夜風は冷たく、春はまだ遥か、遠いように思えた。

駅前へ行くと若い衆が車を回してきた。

（3） 奈良ホテル

その日、
近鉄天理駅前へ約束していた時間に行くと奈々さんが先に迎えに来ていた。

シルバーフォックスの毛皮のコートを羽織り、黒塗りのベンツを横にして立つ姿、ハリウッド女優のラクエル・ウェルチ。その時思い出した。初めて奈々さんに合った時に誰かに似ていると思ったが思い出せず、それがしこりになって残っていた。すると、

「どうぞ！」奈々さんは微笑みながら後部座席のドアを開けてくれた。

「失礼します」私は後部座席に乗り込んだ。

「よう来てくれた」と、中から代表のしゃがれた声が聞こえた。

奈々さんが運転をした。

私は、やくざ映画の主人公になった。


三十分ほどで奈良ホテルについた。

ドアマンが出てきて、ベンツのドアを開けた。代表は反対側のドアを自分で開けて降りた。

少し順番が違うと私は思った。

ドアマンがホテルの中へ先導した。ところが、私は自分の服装が気になった。代表も奈々さんも毛皮のコート、私は、上下のジャージにビーチサンダル、一膳めし屋へ入るのとは訳が違う。

まあいいか、そう思った時、

「これに着替えて」と奈々さんがスーツカバーと紙袋を私に渡した。中には紺のスーツとワイシャツ、ネクタイ、そして紙袋には靴が入っていた。

「着替えをしたいの」と、奈々さんがベルマンに言った。

「分かりました」と、ベルマンが答えた。

案内された着替え室で、私はスーツに着替え、ネクタイを締めた。

様にならない。

鏡に映った自分に、

「俺はアフリカへ行く。その後、外人部隊に入隊する」。鏡の中の自分を見ながら将来に向けての意思を確認し、二人のところへ戻った。

「馬子にも衣裳ね、よく似合っているわ！」と、奈々さんが言った。

「岸本君に失礼だぞ！」と、笑いながら代表も言った。

すると、

「お父さんご案内よ！」奈々さんは代表に申し付け、私の腕に手を回して来た。気恥ずかしかった。

毛皮のコートを着た親父さんと、スーツ姿の私と手をつないだ奈々さんも、シルバーフォックスの毛皮、随分と派手な光景が出来上がった。

当時、〝夜の銀狐〟と言う曲がヒットしていたが、正しくその光景だ。が、反対側の手にもつジャージとビーチサンダルの入った紙袋がよけいだ。


ホテル併設のレストラン。

短調のピアノ曲が流れていた。こういう雰囲気は、どうも苦手だ。

タイのアマリンホテルの、クラブを思い出した。

エレキギターのがなり立てるような音が、その頃の自分には、性が合っていた。

先に奈々さんがクロークに向かった。代表と私がそれに続いた。

奈々さんがシルバーフォックスのコートをクロークに預けた。続いて代表が自分の毛皮のコートを預けた。……私はジャージとビーチサンダルの入った紙袋をクロークに預けた。

ウェイトレスが私達を席へ案内してくれた。

席に着くと、支配人が出て来た。

「いらっしゃいませ」微笑みながら頭を下げ、優雅な仕草で挨拶をした。代表と奈々は常連客なのだろう。

すると、代表は、

「気障な奴だ。柔道部の挨拶の方が余程、気分が良い」と、私の機嫌を取るように言った。

「お父さん、そういう事は言わないの」と、奈々さんはたしなめながら、いきなり立ちあがった。「似合っている?」と、私の方を見て言った。

「突然、何を言い出すのだろう」と、私は思った。

すると代表が、

「岸本君、覚えがないのか?……自分のしたことの責任は持てよ」と、奈々さんの代弁をした。

私はシルバーフォックスの毛皮に圧倒されたが、ドレスにも驚かされていた。デザイン、色合い、生地、ファッションに疎い私でも、落ち着いた華やかさに引き込まれていた。

その時、やっと気が付いた。私が代表の奥さんにと思い、タイで買ってきた生地だ。

「岸本君、ありがとう」まるで奈々さんは、モデルのように腰に手を当て、ポーズを取った。

その格好はまるでラクエル・ウェルチ。

ワインで乾杯した。

料理が次々と運ばれて来る。

メインディッシュには肉料理が出た。

私はその肉の柔らかさに驚いた。その後、デザートのアイスクリームが出て、コーヒーが出た。


「次、行くわよ」奈々さんが、代表と私をせかせるように言った。

ホテルの玄関へ出るとタクシーが待っていた。

私は何が起こっているのかと、戸惑いを感じた。

(4) ナイトクラブ

もちいどの商店街のすぐ近くにその店はあった。

〝夕凪〟……奈良で一番の高級クラブ。

代表は、一年前、私がその店でアルバイトをしていたことを知っていた。

タクシーを降りると代表は先頭に立ち、奈々さんと私はその後に続いた。

「いらっしゃいませ」と、ママとホステスが迎えた。

「珍しい人を連れて行くと聞いていたけれど、岸本君じゃないの！　久しぶりねー」そう言いながら私のスーツの袖を二三度さすった。

「待ってよ！……この生地、フィンテックスじゃない」ママは私のスーツの袖に手を当てたまま驚いたように言った。

そのまま私を席へ連れて行った。すると三人のホステスが出てきて席に着いた。

注文を取りに来たボーイが会釈をした。ボーイとは面識があった。

大阪市内の国立大学に通う学生だ。以前この店で少しだけ一緒に仕事をしたことがあった。


「お酒は行き渡りましたか？」と、ママが言った。

「ハーイ！」三人のホステスが明るい声を上げる。

「乾杯の音頭は岸本君や」と、代表が言った。

「カンパーイ」高級クラブに、客として初めてきた私は、何となく気恥ずかしかった。それしか私は思い浮かばなかった。それに、この店の値段も充分、心得ていた。

すると、ホステスの一人が言った。

「奈々さんの素敵なドレスにカンパーイ」と、グラスを上げた。

するとママがクレームを付けた。

「奈々さんの素敵なドレスに乾杯は無いでしょう。やり直し！」

「アッそうか、ごめんなさい、やり直します」と、ホステスがあわてるように言うと、

「やり直さんでもええがなー」と、代表が言った。

「ダメ、やり直し！」と、ママが言った。

「奈々さんの美貌と、素敵なドレスにカンパーイ」と、ホステスは、今度はママと代表の仲を取り持つかのように三度目の乾杯の音頭を取った。

ホステスの言う通りだ。奈々さんの、ラクエル・ウェルチ風の野性的な顔立ちは、タイシルクのドレスと見事に一致していた。


「皆、聞いてや！……岸本君はきつい男やで！　儂に、奈々の来ているタイシルクの生地を、プレゼントしてくれたんは良いけどなー。どない言うたと思う……」代表はホステス達に答えを求めた。

「どない、言いはったんや?……」と、ママは如才なく合わせた。

「こらえてくださいよ」私は頭を掻いた。

「こらえたらへん。皆、聞いて、奥さんへのプレゼントやとぬかすんやで」

「それで、代表はどう答えはったのですか」と、ママはすかさず合いの手を入れた。

「決まっとるわ『嫁はおらへん』としか、答えようがあらへん、ほんまに岸本君はきつい男やで、……ところで、誰か儂の嫁になってくれへんか?」と、代表はオチを付けた。

「私でよかったらどうぞ！」と、ママがリアクション。

「あれ、ママには旦那がおったんと違いますか？」代表もおどけたように返した。

するると、

「十年ほど前、『風呂へ行ってくる』と言いはって、風呂桶を持って出て行ったまま、帰ってきていません」と、笑いながら答えた。

「本当に、岸本君がこの生地を選んだの？」と、ママは言った。

「勿論ですよ！」と、私は笑いながら言った。私は、サンペーン市場のおばさんに押し付けられたと、言えなくなっていた。

「そうよ、岸本君が母に買って来てくれました」と、奈々さんも笑いながら〝母〟を強調した。

そして、立ちあがった。

「良いわよ！……素敵よ！」三人のホステスが口々に褒めたたえた。

「それじゃあ、決まったわ。今度の社員旅行はタイへ行くことにしましょう」と、ママが言った。

「約束よ！　絶対よ！……」三人のホステスが歓声を上げる。

「シーッ！……周りのお客様にご迷惑よ」と、ママは慌てて指先を口に当てた。

タイから来たシルクの生地が座を盛り上げた。

「今日の本題や。すまんけど女の子は席を外してくれ、ママは臨時の嫁で、ここに居ってくれ」と、代表が改まった顔をして言った。

「ごゆっくり！」そう言うと、三人のホステスは席を立った。

「実は、今日は岸本君を口説くために連れて来たんや」と、ママに言った。

「岸本君の何を口説いてんですか？」と、ママは訝しそうに訊いた。

「ママも岸本君の性分をよう知っとるやろ。実は儂の跡継ぎにしたいと思っているのや」

「跡継ぎって？……」ママは怪訝な顔をした。

「最初はマネジメント兼秘書や、当分の間、奈々に付いて勉強をして貰い、それから儂の後を引き継いで貰いたいねん」

「それとなー」代表は何やらママの耳元で呟いた。ママは神妙な顔をして頷いていた。

部屋の照明が落ち、薄暗くなった。

「難しいことは若い人に任せましょう」と言い、ママが代表をホールに誘った。

「お父さんがいつも無理を言ってすみません」と奈々さんが言った。私はどう答えたらいいのか分からなかった。

すると、

「俗っぽい言い方になるけど、お父さんは貴方に惚れているらしいの」と、奈々さんが言った。

「何でまた？」私は驚いた。

「ほら、柔道部が主宰したダンスパーティーに、お父さんがクレームをつけた時、貴方は一人で事務所へ来たでしょう。それが気にいったらしいの、怖くなかったの」と、奈々さんが言った。

「勿論、ビビりましたよ」

「じゃ、何故来たの？」

「後へ引けない時があります」と、私は答えた。旅費稼ぎのダンスパーティーを柔道部に持ち掛けたのは私だ。

「逃げるな！　お父さんも若い衆にいつもそう言っているわ。貴方のそう言うところが気に入ったのよね。こう見えても、私も一家では『姉さん』と呼ばれているの。一家の経理と縄張り作業の中心よ、出店の企画をすることもあるわ。お父さんは貴方にそれを手伝って欲しいの！……私からも是非お願いします」と、奈々さんは私に手を合わせて言った。

その時、私の心が少し揺れ動いた。

「一度、仕事を手伝ってみる？　そのうえで判断したら？」と、奈々さんが言った。

「それじゃ、社会勉強のつもりで一度お手伝いさせていただきます」と、私は答えると、

「さっそく明日からよ。三時に事務所へ来て、約束よ！」奈々さんは、我が意を得たとばかりに言った。

代表とママがダンスを終え、席へ戻って来た。

「いやー、久しぶりに踊ると疲れるわ」と、代表は言い、腰を伸ばすような仕草をし、席に

座った。

「お父さん、明日岸本君、手伝ってくれるって」と、奈々さんは嬉しそうに言った。

（5）名物岩おこし

〝岩おこし〟とは米を砕いて生姜やゴマを加えて水あめで固めた菓子だが、これがまた硬い。

……だから〝岩おこし〟。

日本人はよくもまあ、こんなに硬い菓子を考え出したものだ。西洋のケーキにしてもプリンにしても、口の中に入れればとろけてしまう。私は極端な日本と西洋の菓子文化の違いを不思議に思っている。

私は明日、その〝岩おこし〟を売るのだ。

翌日二時半頃、私は早めに事務所へ行った。奈々さんが私を小型トラックに乗せ、商いの場所へ連れて行った。

五分ほどで商いの場所へ着いた。

駐車場には、五十人乗りの大型観光バスが二十台程、止まっていた。天理教本部に参拝する信者達の送迎用のバスだ。全国各地のナンバーがあった。

奈々さんは運転する小型トラックを駐車場の外れに止めた。私は先に降りて小型トラックの荷台を開けた。中は段ボール箱に詰められた〝岩おこし〟がギッシリと詰め込まれていた。

奈々さんが車から降りて来ると私に言った。

「これを売るのよ！」

「全部売り切ったら特別手当を出すわよー」と、奈々さんが笑いながら言った。

そこへアルバイトの男子学生が二人駆けつけてきた。

「遅いじゃない！」奈々さんは少し、語気を荒げた。

「打ち合わせをするわ」と、奈々さんは言い、我々三名に説明をした。

「十個入りが一セットになっているわ、一セット五百円。バラ売りはしないでね。品物が無くなったら取りに来て。信者さんが戻って来てバスが出るまでの間の一時間程が勝負よ。全てのバスを回ってね！」奈々さんは、言い終えると、バスの割り振りをした。私は手際の良さに感心した。

十分ほどが過ぎた。

信者達が二、三人のグループになり、バスに戻ってき始めた。

「始まるわよ！　頑張ってー」と、奈々さんが言った。

「天理名物〝岩おこし〟！」私は大声で呼びかけた。

ところが、

「声が小さい！　やり直し」後ろから奈々さんの指導が入った。

「天理名物〝岩おこし〟！」……私は声を限りに叫んだ。

「その調子よ！」奈々さんは安心したのか、今度はアルバイトの二人の方へ行った。


初めての客。

バスに乗りかけた、中年女性グループの一人が「あなたはアルバイト？　一つおいくら？」と、私に訊いた。

「十個入りが五百円です」と、私は大声で答えた。初めての獲物？　私の声は弾んでいた。

「何個買おうかな？」客は思案をしていた。

そして、

「五個頂戴」とその女性は言い、千円札を三枚出した。

釣れた！　大物が釣れた。

「ありがとうございます」私の声は弾んでいた。肩から下げていた集金袋から釣銭を出そうとした。

すると、

「お釣りが面倒ね、もう一つ頂戴！」と、追加注文をした。

そこから火が付いた。

バスの窓から大声が機関銃のように飛び交う。

「こっちへ来てー」まるで戦場だ。

「こっちもー」あちこちの車窓から身体を乗り出し、客の悲鳴のような声が飛び交った。

私は軽トラックとの間を、品物の補給のために何度も往復した。

やがて、少しずつその声が少なくなってきた。……戦いは終わった。

私達四人はバスを見送るために入り口に立った。

暫くして、バスがゆっくりと動き出す。タイヤの巻き上げる土埃が、奈々さんや、私達アルバイトの体中に降りかかった。アルバイト学生二人は、逃れようとした。

すると、奈々さんは、

「最後のバスが出るまで、お見送りをするのよ！」と、声高に言った。

私達は土埃の中に立ち、バスに向かって手を振った。

すると反応が返って来た。

「学生さん達、頑張ってねー」……車窓から私達を激励する人達の声。全ての車窓から、手を振るのが見えた。

一瞬の、客と売り子の、岩おこしを通してのふれあい。だが、そこに連帯感のようなものが生じていた。

その時に、バスの客達から投げかけられた言葉の暖かさを、今でも思い出す時が有る。

(6) 体育系

私達三人は、奈々さんの指定した駅前の喫茶店へ行った。

「おー寒む」奈々さんが両手をこすりながら少し遅れて入って来た。その姿が、少し年増じみて見えた。

コーヒーを四つ注文した。

「ご苦労様、お陰で売り切れたわ」奈々さんはそう言うと、礼を言いながら一人一人に封筒を渡した。

「お金が入っているか確認してね」と言った。中を見ると千円札が五枚入っていた。

僅か二時間ほどの労働の対価。その金額の多さに私は驚いた。

「ありがとうございます」私は席を立って言った。慌てて二人も席を立った。

二人は外国語学部の学生。体育系のような躾は受けていない。

「今日はよく頑張ってくれたわ、今度またお願いするわね」と、奈々さんが笑いながら言った。

二人はコーヒー代五十円をテーブルの上に置き、帰ろうとした。

すると、

「いいのよ」と、奈々さんが笑いながら言った。

「ごちそうさま」二人は素直に金を財布に戻し、礼を言い、店を出て行った。

「ご飯を食べよう」と、奈々さんが隣の「新華楼」へ誘った。

店へ入ると席はすいていた。

私は中華そばと、焼き飯の大盛り、餃子を五皿注文した。

「まるで欠食児童ね。栄養が偏り過ぎよ」と、いつの間にか奈々さんは世話女房のような口調になっていた。

奈々さんは餃子を二皿と、暖かいウーロン茶を注文した。

少しすると注文した料理が運ばれてきた。

私が貪り食べるのを、奈々さんは感心したような顔をして見ていた。


「岸本君、どうだった。疲れたでしょう。来月二十六日の月並祭の時も手伝ってくれる?」と聞いた。私は思案した。三月二十三日が卒業式だ。七月からはアフリカ行き、それに、一度高砂にも帰らなければならない。

だが、添上高校の宿直代行員を辞めると、給料八千円が入らなくなる。

「マッいいか!」やはり、五千円の魅力には勝てず、私は、アルバイトを承諾した。

その時、

「今晩は!」と、大きな声がした。

続いて「コンチ、デイトか?」振り返ると柔道部の同級生、中司と、後輩二人が立っていた。

「そうや、デイトや邪魔するな！」と、私は笑いながら言った。

「コンチ」は私の愛称。名付け親はハンドボール部の瀬川郁子。一緒にバンドを組み、大学祭の舞台に立ったことが有る。

大学の先輩や同級生は皆、私を「コンチ」と呼んでいた。


「岸本君、あの子達にアルバイトを頼んでみて」と、奈々さんが言った。

ちょっと無理だと思ったが、

「お前ら、アルバイトをしないか？」と、私は後輩達に声を掛けた。

案の定、

「練習があるのでだめです」と、後輩達は答えた。彼らにはオリンピックや世界選手権に出場し、金メダリストになる夢がある。

やがて、中司や後輩達の注文した料理が来た。恐ろしいほどの量だ。


「もう一軒付き合って」と、奈々さんが言った。

私は添上高校の事が気になっていた。

私は三月末に宿直代行員を辞める事を事務長に申し出をしており、最後まで責任を持ちたいと思う気持ちが強かった。

すると、

「一杯だけ飲んで帰ればいいわ」と、奈々さんは思案している私に、決断を促すように言った。私は断り切れなかった。

「出ましょう」と奈々さんは言い、中司達の伝票も取った。私が支払おうと思い、慌てて伝票を取り戻そうとした。奈々さんはそれを無視、レジへ行くと全員の支払いを済ませた。

「ご馳走様です！」中司や後輩達は立ち上がり、大きな声で礼を言い、店を出る私達を見送った。

⑺　奈々さんの夢

店に入ると赤い公衆電話が置いてあった。私は十円玉を入れダイヤルを回した。

「ハイ、添上高校です」事務長の声。私は事情を話した。

事務長は、

「三年の先生方は、入試事務に追われているので、学校を出るのが遅くなるでしょう。学年主任に伝えておきます」と、答えた。

「マスター紹介するわ。岸本君よ、覚えているでしょう。世間を騒がせた去年のダンスパーティーの張本人よ」

「貴方だったのですか、柔道部と聞いていたので、もっといかつい人かと思っていました。一人で事務所へ殴り込んだのでしょう」

「そうよ、殴り込みよ」と、奈々さんが笑いながら言った。

「いいえ、そんなつもりでは……」

「今日はね、岸本君を口説き落とすの」

「へー……それは穏やかじゃないですね」

「うふふ……」奈々さんはマスターの方を見て含み笑いをし、ジンフィーズを注文した。私もそれに合わせた。


「岸本君、正直に言って！　貴方は、私達の仕事を上から目線で見ているのでしょう」私は奈々さんが突然何を言い出すのかと思った。

　すると、

「皆に喜んで貰える仕事よ。今日、バスの中から手を振る人達の姿には、混じりけのない感謝の姿が見えたでしょう。そのお土産を貰って喜ぶ人の顔が目に浮かぶでしょ。『岩おこしは少し硬いかな？』それに、儲かるでしょう」と、奈々さんは言った。

「岩おこしは硬い！」……マスターは、意味の分からない相槌を打ちながら、ジンフィーズを私達の前に置いた。

「上から目線？　それ何ですか？」

「それならいいの、乾杯よ」と、奈々さんは言いグラスを手に取った。私も手に取った。

「乾杯！」私は自分のグラスを奈々さんのグラスに当てようとした。

すると、

「ヨーロッパの風習ではグラスを当てないのよ、貴方の行くブラザヴィルコンゴは、フランス領なのでしょう。……『乾杯』……」じっと、私の目を見てグラスを上げた。

「こんな調子よ」と、私に笑いながら教えてくれた。

私は奈々さんのしゃれた動作に次の言葉が出なかった。

すると、

「奈々さんは学生時代から、大阪とパリの往復ですよ」と、マスターはシェーカーを振りながら私に言った。

私はマスターの投げかけた言葉で、次に発すべき言葉が見つかった。

「そんなに何度もパリに行っているのですか？　何でまた？……」マスターの一言が、私に会話の糸口を見付けさせた。

……ところが、奈々さんは急に黙り込んだ。

話そうか話すまいか？　思案している風だった。

……「絵の、買い付けよ！」と、奈々さんは苦し紛れに答えた。

マスターは、それをフォローするように、

「この絵もそうですよ、私は〝五月のパリ〟と自分なりにテーマを考えました」と言い、壁の絵を指さし、

「描いたのは無名の絵描きなのですよ。セーヌの畔でイーゼルを立てて描いているのを見出したのですって」と、教えてくれた。

私は店に入った時からその絵が気になっていた。

すると、

「そうなのですか。私には絵の鑑賞の仕方が分かりませんが、緑と空の青さに希望を感じますね」と、奥のカウンターに座っていた客が言った。

私は評論家のような表現は苦手だ。上手く言えるものだと、感心した。

四人で、絵の話が続いた。

暫くして、

「電車の時間が来たから帰ります」奥の客はそう言うと、支払いを済ませ店を出て行った。

「岸本さん、奈々さんの考えるテキ屋さんの仕事は縁日の屋台だけではないのですよ、エンターテイメントも含む、総合的な事を考えておられます。現に奈々さんは無名の絵描きを世に出そうとしているのです」と、マスターが言った。

すると、

「絵の話はそこまで！」奈々さんは急に不機嫌になり絵の話を遮った。

「何かあるな」と、私はそう思った。

「ブラッディマリー」奈々さんは次の酒を注文した。

「ハイ、ハイ」……マスターは間延びのした声で返事をした。

「岸本君、本題に戻すわ。少し荒っぽい場面も有るけど、楽しい仕事よ。色々アイデアがあるわ、現場はね、田舎の縁日やお祭りだけではなく、東京、名古屋、大阪、都会の街角、将来的にはパリやロンドンへも進出するの。ニューヨークも面白いわね」と、言った。

その時、奈々さんは夢を見ているような面持ちになっていた。

「一緒にやろうよ！」と、奈々さんは、私を口説いた。

しかし、そう言う訳には行かない。奈々さんの言葉は私の決心を変えるまでにはいたらなかった。

「奈々さん、声をかけて下さってありがとう。心は惹かれますが、私はアフリカへ行き、格技コースを出た自分を試します」心は揺れ動いていたが、私は奈々さんからの申し出を断った。

すると、

「そうなの、仕方ないわね。一時、スカウトは中断するわ。それでもあきらめきれない時は、アフリカまで追いかけていくかも知れないわよ」と言い、三杯目のブラッディマリーを空けた。

奈々さんの呂律は怪しくなった。

「こらっ岸本！」急に奈々さんは怒りだした。

「何ですか？」

「お前もジャンと同じね」

「ジャン？……」私は訊き返した。

「勝手に何処へでも行け！」呂律の回らなくなった声で言うと、奈々さんはカウンターに臥せり寝てしまった。

「昔の彼氏ですよ」とマスターは言い、壁の絵を指さした。

「奈々さんは何枚か絵を買ったようです。その内の一枚がこの絵です。彼に入れ込んだ奈々さんは何度もパリへ通っていました。ところがありきたりの話ですが、ジャンはいなくなってしまったのです。随分と探したようですよ、分かったのは外人部隊に入ったと言う事だけだそうです」と、マスターが教えてくれた。

そう言えば、私が「外人部隊」と言った時、急に黙り込んだことが有った。

その意味が、その時、分かった。

壁の時計を見ると、最終電車はもう出ていた。

マスターがタクシーを呼んでくれた。

私は奈々さんをタクシーの後部座席に押し込むように乗せ、助手席に回った。

「行先は分かりますから」と、運転手が先に言った。

家についたので料金を支払おうとした。

すると、

「月末にまとめて請求していますので」と、運転手は言った。私は甘える事にした。

私は奈々さんをタクシーから降ろしたが、酔っていた私はその場に崩れ込んでしまった。

家の明かりはついていたが、誰も出て来なかった。

再び抱きあげ、門まで歩いた。

「奈々さんお家につきました」

すると、

「門を開けて」と言い、黒革のズボンのポケットから鍵を出した。

門を開け、奈々さんを抱いたまま玄関まであるいた。二十歩ほどあった。

今度は玄関を足払いの要領で開けた。

冷え冷えとしたタイル張りの玄関には、大きな虎の剥製が、今にも飛び掛かってきそうな形相で睨んでいた。奈々さんを降ろした。その後、私は玄関のかまちに鍵を置いた。

「泊っていけ……」と奈々さんが呂律の回わらない声で言った。

私はそれには答えずに外へ出た。

最終電車はとうに出ていた。

私は添上高校のある櫟本へ向い、線路上を歩き続けた。

冬の星座が、何処までも続く線路を、照らし出していた。

(8) 教職へ

添上高校の宿直室へ戻ったのは午前二時頃になっていた。

目が冴えていた。

「音楽を聴こう」……。

借りていたLP、ママス&パパスの〝夢のカリフォルニア〟を取り出し、三階の音楽室へ上がった。

電源を入れ、レコード盤を回転盤の上に乗せた。

黒いレコード盤が回る、私は静かに針を乗せた。

すると、
短音で弾くギターの導入部分が聞こえてきた。……

やがてコーラスに、

「木々の全ては枯葉色　そして灰色の空　こごえるような寒さの中を　俺は一人で歩き続ける
引き返せば暖かな場所もあるのに……（筆者訳）」

ボリュームを一杯にあげた。すると、何故かバンコクのアマリンホテルで出会った、アメリカ兵達の事が思い浮かんだ。

「ベトナムのジャングルでどのように戦っているのだろう？　弾薬は？……」

その後、
自分がこれから行こうとしているアフリカに、思いが移った。

「柔道指導、その後外人部隊、商社設立。……金髪の女はどのステージで現れるだろう」そんなことを考えながら、〝夢のカリフォルニア〟を聴いた。

スピーカーから流れ出る凄まじい音量が、さらに私の思いを昂らせた。


子供は親の影響を受けて育つ。

私や弟が、食事の事で不服を言うと、

「食糧も水もない。その上、弾薬不足や。武器は銃剣だけ。後は白兵戦。食事位で不服を言うな！　我慢しろ！」……親父は、自分の戦争体験をよく話した。

戦争の悲惨さを私や弟達に伝えたかったのだろうが、私はその話を曲解して捉えていた。

又、母親は、

「祖先は村上水軍よ……」と、よく聞かせた。

私には、知らず知らずのうちに、向こう見ずな性格が培われていた。

今、学校では平和学習が行われている。

非常に大切な学習だが、画一的にこの教育を押し進めると、私のようにとんでもない人間を育ててしまう恐れがある。

私は、ウクライナへ「義勇軍として行け」と命令されればいつでも行く。

二〇二三年現在。

第3章　中学教師

(1) 臨時助教諭

一九七〇（昭和四十五）年三月二十三日。

学長が卒業生の名前を次々と読み上げて行く。私は受験時を思い出していた。

私の受験時は、弟の高校受験の時でもあった。

ところが、弟は、商売に失敗した親父を助ける為、高校受験の会場から抜け出し、そのまま大阪へ丁稚奉公、家の再興に取り組んでいた。

それから四年が過ぎていた。

「おかげで卒業する事が出来たよ、ありがとう」

私は呟いた。

その時、

「体育学科・格技　コース岸本美一！」私は我に返り立ち上がった。その後も、次々と卒業生の名前が呼ばれていった。


卒業式が終り、私は式に参列してくれた母親を天理駅まで見送った。

ビルの下に通りかかった時、

「この屋上で、ダンスパーティーを開いたんや」と、その場所を指さした。母親はそれを無視した。

母親は、私に一言もしゃべりもせず、国鉄に乗り、京都周りで帰って行った。

次の日の夜、私は宿直室の後片付けをしていた。

七月からはアフリカへ行く。心の切り替えは出来ていた。

そこへ、昨日天理へ来たばかりの母親から電話が掛かって来た。

「何かあった？」と、私は訊いた。

すると、

「宝殿中学校の体育の先生が産休を取るので少しの間、助けてあげて」と、母親が言った。頼まれごとには、嫌だと言わない私の性格をよく見抜いていた。

翌日、すぐに家へ戻り、高砂市の教育委員会へいった。これが、母親の仕掛けた最初のトラップだとは、その時は見抜けなかった。

昭和四十五年四月一日、加古川市高砂市組合立宝殿中学校へ臨時助教諭と言う身分で採用された。辞令には六月三十日迄と記されており、勤務期間は三か月。

母親が仕掛けたトラップが作動し始めた。

春休み中の校庭やグラウンドは、部活中の生徒で溢れかえっていた。

ブラスバンドの生徒達が校庭でパート練習をしていた。

私はトロンボーンを練習している生徒の所へ行った。

「吹かせろ！」と、私が言うと、嫌がった。

「きれいに拭くから」と、言い、ポケットからハンカチを取り出した。その生徒は渋々トロンボーンを私に渡した。

「ド・レ・ミ・ファ・ソ・ラ・シ・ド」七年ぶりだ。音階を吹く時の手の間隔もまだ覚えていた。

次に、「クワイ河マーチ」のトロンボーンのソロパートを吹いてみた。すると、クラリネットを練習していた女子生徒が、その後を追いかけてきたのだ。

「こいつ等、やるな！……」私はそう思った。

中学時代の〝吹奏楽部〟の練習時を思い出しながら演奏した。

吹き終えた後、マウスピースをハンカチで丁寧に拭き、

「楽しかったよ、ありがとう」と、言い、男子生徒にトロンボーンを返した。

すると、

「先生、又来てください！」と、クラリネットの女子生徒が大きな声で言った。

生徒達との距離が縮んだ。

私は柔道場へ行った。

私が卒業した年に柔道部が創部され、その年、弟は柔道部に入部した。私が大学へ行かなかったら、弟が私の道を歩んでいたのかもしれない。心苦しかった。大勢の生徒が元気よく練習をしていた。

だが、深く関わるまいと思った。臨時助教諭、私は七月には学校を去る。


担任を持たない、三か月間の教師生活が始まった。

教科は、体育と保健体育。教える事が私の性に合っていたのか、楽しかった。


一週間ほどが過ぎた頃、私は校長室へ呼ばれた。

校長室に入り、椅子に座ると、

「慣れましたか？」と、校長が訊いた。

「実に楽しいです」と、私が答えると、

「岸本さん、急なことで悪いが、荒井中学校へ転勤してください」と、校長が言った。

少し戸惑いも有ったが、「分かりました」と、私は直ぐに答えた。

後、二か月もすれば、教育界から去っていく。宝殿中学校には何の執着心も無かった。

一九七〇（昭和四十五）年四月十六日、私は入ったばかりの宝殿中学校を去り、荒井中学校へ異動した。

母親の仕掛けたトラップは第二段階に入っていた。


荒井中学校校長室。

増田校長は、温厚な人柄が顔に滲み出ていた。

「岸本さんは学生時代、柔道をやっておられたそうですね。何段ですか?」格技コースと書いた履歴書を見ながら興味深そうに言った。

「四段です」と、私は答えた。

すると、

「四段ですか、頼もしいですね。新任に悪いのですが岸本さんには二年生の担任をして頂きます。それと、サッカー部を受け持ってください」と、校長が言った。

担任は兎も角として、サッカーは大学の授業でしかしたことがなく、一瞬ためらいを感じたが良い経験だと思い、受け持つことにした。


教室へ入った。四十人の生徒達が一斉に私を見た。

学年主任は私を教壇に立たせ、「君達の担任だ」とだけ言い、教室を出て行った。

すると、ざわめきが起こった。

自己紹介をした後、私は黒板に大きな文字を書いた。

「夢」……板書は難しい。いや、板書も難しい。懸命に書いた、その夢と言う字は黒板上で揺れ動いていた。

「うわー！　読めない！」と、女生徒が叫んだ。

「汚い字！」皆が一斉に私の字を揶揄した。

それでも引き下がるわけには行かない。

「昨日の夜見た夢と違うぞ、将来の夢だ！」と、私が言うと、皆がゲラゲラと笑った。……導入成功。

「将来の夢について話してもらう。発表者は手を上げろ！」と言った。

「ハーイ、ハーイ」皆が嬉しそうに手を上げた。

「野球選手になります」

「良妻賢母になります」

「それなにや？」と、私は逆に訊き返した。私が初めて聞く言葉だ。三人目くらいになると、両手を上げる生徒、立ち上がる生徒もいた。

発表合戦。テンションが高くなった。

「うるさい！」とうとう怒鳴ってしまった。こうして、私は担任としての第一歩を踏み出した。

生徒の一人、門績が「クラスをまとめるために」と言い、サイクリングを提案した。

そして、

「石の宝殿の裏に奇麗な池があります」とその生徒が言った。

皆が諸手を挙げて賛成し、昼食はカレーライスを作る事になり、
鍋、飯盒、米、肉、ジャガイモ、それぞれが持ってくるものを分担した。

日曜日、校門前に自転車に乗った生徒が揃った。いざ出発！……ところが想定外のことが起こった。

自転車の車列の長さを忘れていた。前後の間隔を入れれば一台八メートル程。全長三〇〇メートル程の車列が生じる事になる。私は慌てて四人ずつの少人数編成に組みなおした。


飯盒炊飯は予想していた以上に、手が掛かった。結局は焦げ飯に、焦げたカレーをかけて食べる羽目になった。それでも旨かった。

ギターを持って来た子供がいた。当時、流行りのフォーク・グループの真似事をしていた。

たしか「若者たち」と言う曲だ。私も一緒になって、歌ったのを覚えている。

「君の行く道は果てしなく遠い……」

少しずつ生徒達は私の手中に入って行った。

だが、私にはアフリカ行きが待っている。七月からは彼らとは別の、道を歩んでいく。そう思うと少し寂しかった。


翌日、校長から呼び出しがあった。

校長室に入ると、間を置かずに、

「特別選考試験を受けてもらう」と、校長が言った。

「私は辞令のとおり、六月一杯で辞めさせていただきます。アフリカへ行くことになっていますので」と、声高に答えた。

するると、

「おかしいな、教育委員会からは君が同意したと聞いているぞ」と言い、校長は首をかしげた。

「母親だ！」私は、校長の言葉で閃いた。

母親は戦争中、明石の国民学校で代用教員の経験があり、主婦に収まってからは、長い間、育友会の役員をしており、教育委員会の内部事情に精通していた。

母親の仕掛けたトラップは最終段階に入っていた。


家に帰り、私は母親に事情を訊いた。

すると、

「アフリカ行きの話やったら大学の橋元先生に断っといた」と、涼しげな顔をして言った。この時、私の夢は脆くも崩れ去っていった。

しかし、
中卒で、親父の手伝いをして家を再建中の弟の事を思うと、それ以上、言葉が続かなかった。

アフリカ行き、外人部隊、貿易会社創設、金髪の彼女……私の夢がもろくも消え去って行った。

特別選考試験の当日。

「頑張ってきなさい」

母親は思い通りに事がすすみ顔が生き生きとしていた。

ＪＲ元町駅で電車を降りて、山側の急な坂道を少し上がると右手に神戸小学校がある。そこが試験会場だ。

八名が受験に来ていた。実技テストは、五〇メートル走、バレーボール、バスケットボール、逆上がり、倒立歩行。私は全てをクリアした。特に倒立歩行は五〇メートル走のライン上を難なく往復した。私は受験者の誰よりも群を抜いていた。

一週間ほどが過ぎた頃、校長からの呼び出し。

「君は倒立歩行ができないのか?」と、校長が訊いた。

「いいえ、私は倒立歩行が得意です」

「だろうな、儂も君が生徒達の前で廊下を逆立ちして歩いているのを見た」と言い、校長は思案気な顔をした。

「倒立歩行がなにか?……」

「実は県教委から市教委へ『君が倒立歩行が出来なかったので、教員特別採用試験を落とした』との連絡があったそうだ」と、校長は私に申し訳なさそうな顔をして言った。

その時、私は実技テストの光景を思い出した。

私の次の受験者が、歩行どころか〝倒立〟さえ、出来なかったことを思い出した！

(2) 教員採用試験

受ければ誰でも通る筈の特別選考試験に落ちた。私にとってこれ以上の屈辱は無かった。

周りの教職員達全員が、私を馬鹿にしているように思えた。

「畜生！　畜生！　畜生！……試験官の野郎！　どついたる」……県教委の試験官の顔が夢の中に出て来た。

しかし、どうあれ、負けて逃げるわけには行かない。

「本試験に合格してから辞めよう。一年程勤めて金を貯め、フランスにいる柔道部の先輩を訪ねよう」と、発想を切り替えた。

それが私のプライド。

すると、幾分気持ちがすっきりとしてきた。

採用試験迄、後、一か月。倍率は二十倍ほどと聞いていた。

小学校の時から勉強が苦手な私が、初めて難関テストに挑戦することになった。

丁度、県立北条高校に体育教師として赴任した同級生がいた。

吉田美由……山口県出身、彼女は水泳部、自由形の選手で高校時代から木原美智子といつも競り合っていた。私は吉田を頼ることにした。

　電話を掛けた。

「久しぶりね、コンチ！　どうしたの？」……〝コンチ〟は私の通称、浩一を略したもの。

「すまん、教員採用試験の参考書か問題集があれば貸してくれ」と頼んだ。

「良いわよ。だけど、参考書と問題集をどうするの？　貴方、アフリカへ行くんじゃないの？」と言った。

「いや、都合が有っていけなくなった」と言うと、

「どんな都合よ？　あれほどアフリカへ行くと言っていたでしょう。夢を諦めたら駄目よ」と、私を諭すように言った。

「おっ、高校教師みたいなことを言うな。とにかく貸してくれ」と、私は彼女の話を茶化した。

　さっそく北条高校へ行き、事務室へ行くと、直接プールへ来るようにと伝言を残してあった。私はプールへ行った。美由はプールサイドで男女部員を座らせ前に立ち、何やら教師らしさを発揮していた。

「今日は！」座っていた生徒達が一斉に私の方を向き挨拶をした。その挨拶で、美由は私が来たことに気が付いた。

「コンチ、こっちへ来て」私は美由の横へ行った。座っていた水泳部の生徒達の視線が一層、私に集中した。

「高砂市の荒井中学校で教師をしている大学の同級生の岸本君です。専門は柔道です」と生徒達に紹介し、

「一言お願いします」と、笑みを浮かべながら言った。こういう雰囲気が一番苦手だ。はにかみ屋の私の事を知っておりながら、まるで茶化すように言った。


本物の採用試験には、絶対に一発で合格しなければならない。私の心中には、誰でも受かる特別採用試験に落ちたと言う屈辱感があった。

だからと言って周りの教師に〃がり勉〃姿は見られたくない。

毎朝、四時に起床、美由から借りた参考書と問題集の全てのページを丸暗記することにした。

又、学校へは、朝一番に出勤し、夜は最後に帰った。

部活動（サッカー部）は朝練習と、放課後の練習も日が暮れるまでやり、日曜日だけは午前中で終える事にした。

余裕を見せる為の辻褄合わせだ。これが私のこだわり。

六月の半ば頃、姫路の大白書中学校へサッカー部の練習試合に生徒を連れて行った。教師は本庄と言う。

特別選考試験を一緒に受けた日体大サッカー部出身の同期生だ。彼は合格していた。

昼食時、

「岸本、本採用試験を受けるのか？　実技テストに一〇〇メートル個人メドレーが入るらしいぞ。お前、バタフライはできるか？」と、訊いた。個人メドレーとは背泳ぎ、平泳ぎ、バタフライ、クロールの四種目だ。

「いや、出来ない」……その瞬間動揺した、練習試合どころではなくなった。

「本庄、今日はこれでおこ！」私は言った。


学校帰り美由に電話をした。

「何よ、急に！」

「すまん、バタフライを教えてくれ！　採用試験の実技に個人メドレーがあるんや」

すると、

「分かった。直ぐにおいで！」と言った。私は北条高校へ行き、美由にバタフライを教えて貰った。


水着に着がえ美由がプールサイドに来た。

彼女の専門種目は自由形。日本でもトップクラスの選手だ。最初に彼女が見本でバタフライを見せてくれた。まるで河童のようだ。

終るとプールサイドに立つ私の所へ戻って来た。

「コンチ、やってみて」

「いきなり無理だ」と、私が答えると、

「無理は無いでしょう。体育学部出身でしょう。子供のような事は言わないの……」そういうなり、私の背中を両手で押した。そしてプールに落ちた私に向かい、

「私が良いと言うまで上がって来ては駄目！」と、大声で言った。これこそ昭和の水泳の鬼コーチの姿だ。

必死になって私はバタフライの真似事をした。二五メートルプールを必死になって泳いだ。五往復位した頃、ふと、身体が自由になった。

「コンチ、それでいいのよ、もう一度やってみて！」と、美由が言った。

余談になるが、美由の数年下に、アーティスティックスイミング（シンクロ）の超有名な監督、井村雅代さんがいる。

彼女は昭和だけではなく、平成、令和の鬼監督？

「後は練習量よ！　試験の日まで毎日泳ぎ続けなさい」と、美由は言った。

七月二日、私は病床にいる祖父に教職員採用試験を受ける事を報告した。

「アフリカへ行かへんねんな、外人部隊は止めたんやな」と、念を押すように言った。

祖父は私の口から「アフリカへは行かない」と聞くと、安心したように何度もうなずいた。

大正・昭和を生きた男の最後の心残りは、孫の私。

「おじいちゃん教師になる！」私が言うと、嬉しそうに微笑んだ。


祖父は戦前、大阪で手広く商売をしていたが、全てを空襲で無くし、郷里高砂へ帰って来ていた。何名もの自分の会社の社員が徴兵され、戦場に行く姿を見送っていた。

特攻隊で戦死した飛行服姿の従業員の写真を、後生大事に持っていた。

息子昌夫、私の父親も徴兵で取られ、七年間中国大陸で戦っていた。だから、誰よりも戦争の悲惨さを知っていた。


翌日、私はグラウンドでサッカー部の練習をさせていた。丁度、ドリブルの練習をしていた時、

「岸本先生、お電話が掛かっています。職員室迄お帰りください」と、放送があった。

電話口へ出ると、

「お爺ちゃんが亡くなったで」と、母親の狼狽したような声が受話器から聞こえてきた。

七月二十五日、兵庫県教職員採用試験。

私は美由から借りた専門教科の問題集を無作為に開き、暗記が出来ているかどうかの確認をしていた。その時、

「生徒さんよ！」母親の声。

玄関へ出ると私服の女子中学生が三人立っていた。クラスの生徒達だ。

「おー。こんなに早く何しに来た！」と、私は素っ気ない言い方をした。

「はい、これ！」一人がそう言うと小さな紙袋を差し出した。開けてみると鹿嶋神社のお守りだ。

私は自分を追い詰める為に、クラスの生徒達にも採用試験を受ける事を公言していた。

「頑張ってください！」三人が口々にそう言い、私を激励してくれた。

「ありがとう」私は、御守りを受け取った。


私の人生において、それまで一度もこれ程集中して、勉強をしたことが無かった。

言わば私の頭は、小学一年生位の真っ新な脳みそだ。

だが、その脳みそは、驚くべき程の吸収力を発揮した。

試験の一週間ほど前には、参考書と問題集のどのページをめくっても完全に回答できるようになっていた。……おそらく満点まちがいなし。

実技テスト。

案じていた水泳の〝一〇〇メートル個人メドレー〟は八人組で一緒に泳いだが、トップでゴールインをした。バタフライも水を切って泳げるようになっていた。

「試験官様、隣のコースの人と間違えないでください」と、私は祈った。

合否が分かったのは二か月ほど経ってからだったかな？

私は一九七〇年十一月一日付で高砂市立荒井中学校へ体育教師として正式採用された。

この年、大阪万国博覧会が開催され、日本は高度成長期に入っていった。

(3) 全国中学校柔道大会と日章旗

この年の八月下旬（一九七〇年）。

採用試験実技テストの日の朝の事。

「第一回全国中学校柔道大会」と言う新聞記事の見出しが目に飛び込んできた。

その大会は八月二十三日（日）に講道館で行われていた。

記事を読むと優勝校は熊本県代表、藤園中学校、兵庫県代表の大橋中学校は予選リーグで敗退と記されていた。

その時、私はこれだ！と、思った。

「この大会は俺の為に作ってくれた大会だ！」と、新聞記事を見て勝手に自分でそう決め、さっそく柔道部を作る事を決心した。

そして、海外雄飛の夢は心の奥底にしまった。


九月初め。

柔道部を創る為校長を飛び越し、籠谷先生の所へ行った。

「柔道部を創りたいんです」と私が言うと、

「よし分かった」と、二つ返事で引き受けて下さった。

籠谷先生は中学教師（旧制）になるところを、兄が戦死したため、家業を引き継いでいた。

その意味では、私が柔道部を創りたいと言うのを待っておられたのかも知れない。

「目標は日本一」私は高らかに職員会議で宣言し、ホームルームでも公言した。

そして、和田、神陵、芝崎、藤田、川崎、二年三組、私の担任クラスの悪ガキを集めて荒井中学校柔道部を創部した。

この時、私の戦いの場が、アフリカから畳の上に変わった。

全国大会に参加できるのは、各都道府県の代表校一校。

「県大会で優勝すれば代表になれる！」一度も中学柔道の試合を見た事が無かった私は安易にそう思った。

練習量が勝利への道。……私はそう信じた。

意識高揚のため道場に日章旗を揚げた。

そして、がむしゃらになって生徒達に練習をさせた。

ところが、思ってもいない非難の声。

校長室へ呼ばれた。

「直ぐに道場に掲げている日章旗を下ろしなさい」と、校長が言った。

私は、

「日章旗は日本の国旗でしょう」と強く言うと、校長は黙っていた。

「降ろしません」と私は強く意志表示をし、道場へ戻った。

暫くすると、今度は教育委員会から私に直接電話が掛かって来た。頭に来た。

私は教育長に文句を言うために柔道着のまま駆けて行った。「教育長！」と叫んだ。

部屋にいた指導主事達の視線が一斉に、私に飛んできた。教育長室に通された。

「岸本君、日章旗を下ろしてくれないか」と、教育長は懇願するように言った。

私は、解せないので答えなかった。

すると、

「ここだけの話だが、日教組からの申し入れなのだ」と、教育長はすまなさそうに言った。

が、私は腑に落ちなかった。話を聞く必要もないので「降ろしません！」と、一言だけ言い、
ドアを乱暴に締め、教育長室を出た。

私を理解してもらえる誰かに聞いてほしかった。その足は自然に籠谷先生の会社へ向いていた。

社長室へ入ると、栗原康高さんが入って来た（後に、株式会社籠谷の代表取締役になる）。

私は、挨拶もそこそこに、鬱憤をぶちまけた。

すると籠谷先生が、

「日本国の象徴である日の丸を上げるなとは何事だ。……康高！　教育委員会へ行って話を聞いてこい！」と、怒るように言った。

学校中のほとんどの教師達は反対したが、外部には私の同調者がいてくれた。

籠谷先生は学徒動員組、元、陸軍少尉、日章旗に対する思い入れは人一倍、強い。

栗原さんは直ぐに教育委員会へ行った。

その間、籠谷先生が、武専柔道の話を聞かせてくれた。

「練習は一時間半ほどやった。練習中は水を飲ませて貰らわれへんので、大変やった。夏の暑い時は、便所の水をよく飲んだもんや」松本、橋元先生……考えてみれば天理大学柔道部は武専柔道をそのまま引き継いでいた。

一時間ほどして栗原さんが戻って来た。

「教育長も日教組からの申し入れで困っているようです。教育長に『文句があるものは、栗原の所へ話をしに行け』と、振るように言っておきました」と、報告をした。

その後、

「それはそうとして、岸本、教育長が言うには日教組でないと校長になれないそうやぞ」と、栗原さんが言った。

「それは大変です」と、私は笑って答えた。

すると、

「お前が校長を目指す時には時代が変わっている、お前は余分なことを考えずに全国優勝を目指して頑張れ」と、籠谷先生が言った。

とにもかくにも、
二十二歳の、体育系の私から見れば、日本の教育は随分とおかしな方向へ進んでいるように思えた。


話はそれるが、国旗、国歌の問題で、日教組との板挟みになり自殺をした校長もいる。因みに、一九九九（平成十一）年、国旗及び国歌に関する法律が出来る。


ところが荒井中学校は県大会どころか、地区大会ですら勝てなかった。

考えてみれば勝てないのは当然だ。

地区の強豪校の殆どの選手が、小学生時代からの柔道経験者。

しかし、私の勝利に対する執念は強かった。あらゆる視点から強化方法を考え、練習試合には毎週のように連れて行った。

余談になるが神戸元町の駅前に牛丼屋がある。……大盛一杯三百円。

この牛丼が、又、美味かった。成長期の生徒達にはこの上ないご馳走だ。喜んで食べてくれた。

部員が二十人程の頃はよかったが、三十人、四十人に増えると対応仕切れなくなった。

次の年も、その次の年も勝てなかった。

（４）不登校生

この頃、柔道部では大変なことが起こっていた。

「いじめ」から始まった、登校拒否（不登校）。

ある朝、

「研一が学校を嫌がっているのです」と、母親から泣くような声の電話が掛かって来た。その生徒は、三年生になってから一週間以上、欠席が続いていた。

後藤研一。難関私立中学校へ通っていたが、中退し、地元の荒井中学校へ通うようになっていた。本来なら、一番気に留めなければならない小柄な生徒を私は見落としていた。

慌てて家庭訪問をした。

応接室に通された。

「学校へ行くのを渋るのです」母親はそう言い、勉強部屋へ本人を呼びに行った。暫く過ぎたが、母親は戻ってこない。

私は、無断で勉強部屋へ行った。

母親は床に座り込んだ研一の手を引っ張り続けていた。

「お母さん、二人にしていただけますか？」と承諾を求め、部屋から出て貰った。

ところが、三十分ほど研一に話しかけたが、殆ど受け答えが無かった。

次の授業時間が迫っていた。

「又来る」と、言い残し、私は急いで学校へ戻った。

六時限が終わり、ホームルームを終え、道場へ行くと柔道部員達が道場へ集まって来た。

直ぐに皆を集め、

「後藤が休んでいるが事情を知っている者はいないか？」と、欠席の理由を訊いた。

だが、誰も情報を与えない。

苛立ちを覚えた。練習どころではない。それ以前の問題だ。

「今日の練習はなし！　誰でもいい、知っていることがあれば学校へ電話をくれ。九時まで学校にいる」と、私は部員達に言い、練習をなしにした。

職員室でその話をした。

すると、「勝利至上主義がそんな生徒を生むのです」と、遠くの席の、分会長と呼ばれる年配の女教師が立ち上りながら私に言った。

私はその声を無視した。

すると、

「勤務時間を過ぎているので帰らせていただきます。先生方もお早くお帰りくださいませ」と、せせら笑いをし、職員室を出て行った。


八時頃、他の柔道部員の親から電話がかかって来た。

「うちの息子の事ですが、柔道部を辞めさせてやってください」と、いきなり切り出してきた。

後藤の事を話した事が、やぶへびになっていた。

「どうされたのですか？」と私は理由を訊いた。

すると、

「練習が終わり、先生が道場を出られた後、毎日のように技の実験台にされているのです」と、母親は悔しそうに教えてくれた。

〝投げ込み〟と、言う技の練習方法だ。十本投げたら十本投げ返す、これが通常のやり方だが、彼は毎日、一方的に投げ続けられていた。

彼の悔しさがよく分かった。

「すみません。私の不注意でした」と、私は親に謝罪した。

すると、母親は、柔道部の生徒達の現状をつつみかくさず話してくれた。

やっと理由が分かり、首謀者も分かった。

私は職員室を出て、直ぐに研一の家へ行った。

母親が勉強部屋へ通してくれた。

「どうだ、調子は?」と、訊いた。が、答えなかった。私はテレビや漫画の話、興味のありそうな話を一方的にした。

三十分程、話しかけ、話題を切り替えた。

「ところで希望校は決まったのか?」と言うと、

「まだです」と、小さな声で答えた。

これが話しの糸口になった。

「東洋へ行ったらどうか?」

「いや、成績が……」と、沈んだ声で言った。

「今から勉強したら間に合う、明日は気が向いたら学校へ出て来い!」と言い残し、部屋を出た。

応接間には夫婦が会話もなく座っていた。

「研一君の学校へ来ない理由が分かりました。進路と練習の問題です」と、私は伝えた。

研一は小学時代、難関私立中学校を目指し、塾通いの毎日。

その甲斐あって見事に合格。

ところが、息切れをしてしまった。

地元、荒井中学校へ編入しなおしたものの、地元中学校では私学戻りの彼を異端視し、おまけに柔道部では、技の実験台と言う、肉体的な大きな障害が待ち受けていた。

今、何とかしなければ研一の人生は狂ってしまうと、私は思った。

翌朝、柔道部員が朝練に集まって来た。

期待をしていたが研一は来ていなかった。

私は部員達を柔道着に着替えさせ、道場に座らせた。

私はいつものように前方中央、日章旗の前に座った。

「黙想！」……三十名の部員は目を閉じた。

五分ほどが過ぎた頃、

朝練習の後、

「キャプテン、研一の欠席理由を知っているか？」と、私は口を開いた。

「知りません！」

「そうか、知らないか」……黙想の静粛な時間が続いた。

「黙想止め」と、キャプテンが言った。

私は、

「ホームルームに遅れるな」とだけ言い、部員達を解散させた。

昼休に、キャプテンと主要メンバー三人を職員室へ呼んだ。

「お前達は、研一や下級生を投げ込み台にしているのか？」と訊くと、

「はい！」と、意外に素直に答えた。

そこへ、分会長がやって来た。

「この子達はね、授業中、騒がしくて困っているの。岸本先生、しっかり指導してくださいね」

するとと、

「うるさい、ババア、向こうへ行け」と、キャプテンが嘲笑するように言った。

「黙れ！」……私はキャプテンを怒鳴った。

が、私の溜飲が下がったのも確かだ。

「ババア」は日章旗掲揚事件からの私の宿敵。部員達は私がババアからハラスメントにあっている事をよく知っていた。

部員達と私の間には一風変わった連帯感が出来上がっていた。その意味では運命共同体なのかもしれなかった。

私は三人に、投げ込みの話をした。

すると、

「荒井中に伝わる伝統です」とキャプテンが言った。創部三年目にして、私の知らない間に思いもよらぬ悪しき伝統が出来上がっていた。

とても全国優勝どころの騒ぎではない。

私は三人に、研一の不登校について話をした。三人は直ぐに理解した。

自分達も同じ目に遭い、嫌だったからだ。

「放課後、家へ呼びに行って来てくれ」と、私は三人に言った。

放課後、三人は研一の家へ行った。そしてどういう方法を講じたのは分からないが研一を学校へ連れて来た。

私は悪しき伝統をなくそうと思った。……荒療治しかない。

その日の練習は、全員に交互の〝投げ込み〟練習をさせた。

「投げられたら直ぐに立て！」

「立ったらすぐに投げ返せ！」

「遅い！」

「気合いだー」

私は大声で叫んでいた。

皆、必死になった。

研一も必死になって〝投げ込み〟をした。

人を何人も変えながら〝投げ込み〟をさせた。

すると不思議なことに、交互の投げ込みは次第に部員同志の連帯感を生みだしていた。

その時の私はガキ大将になっていた。

〝いじめ〟〝不登校〟……学校教育の大きな課題。


一九七三年、私は結婚した。沖縄が日本に復帰した翌年の事。

新婚旅行は沖縄へ行った。

大学の先輩、沖縄高校（現在の沖縄尚学高校）の真喜志忠夫先生が案内をしてくれた。

「コンチ、柔道部はどや？」

「勝てません」

「そうか。儂の所も沖縄止まりや」と、悔しそうに言った。

一通り観光を終え、真喜志先輩は沖縄高校の道場へ連れていった。

壁には全国制覇と、大きな字で書かれた張り紙がしてあり、
柔道場の天井には綱引き用のロープが縦横に張り巡らされていた。まるで、忍者の養成所？

「上の階は空き教室になっているので寮にしたい。離島の生徒達にチャンスを与えてやりたい」と、真喜志先輩は情熱的に言った。

私は先輩の柔道に対する前向きな思いに感動した。

それでも二泊三日を付きっ切りで沖縄案内をしてくれた。

新婚旅行は柔道の話で明け暮れた。


話は戻る。

私の卒業論文のテーマは「柳生六百年史」。

私は奈良県柳生の里の芳徳寺を訪れた時の事を思い出した。

「柳生新陰流は総合武術であり、柔道の基になった起倒流柔術も、柳生新陰流から生まれた」

と、聞いた。

話を戻す。

〝無刀取り〟柳生新陰流の極意。……刀を使用せずに相手を制する技。

真喜志先輩から訊いた〝手（ティー）〟の存在が、柳生新陰流と結びついた。

琉球王朝の「手」と、「柔術」。

武術の原点は、技に制限のない徒手格闘術にある。

「もう一度ゆっくり沖縄へ来い。途轍もなく強い人を紹介する！」と、真喜志先輩が言った。

〝隠れ武士〟が〝琉球の手〟を世に残すための活動を始めている。と、教えてくれた。

私は、しっかりと隠れ武士の存在を脳裏に留めた。

第4章　南の星の下に

（1）真喜志先輩

少し話を戻す。

一九七二年五月十七日。

沖縄が日本へ復帰した二日目の事。

沖縄の真喜志先輩から電話が掛かって来た。

「岸本元気か？　新聞を読んだか？　いや、お前は新聞を読まないからなー……」

真喜志は沖縄高校（現沖縄尚学高校）に教師として勤めていた。

「先輩、お久しぶりです。日本復帰おめでとうございます。新聞くらい読みますよ」と、

私はむきになって答えた。

すると、

「夏休みにでも遊びに来いよ、パスポートなしでも来れるぞ！」その声は、日本に復帰できたと言う喜びに溢れていた。

真喜志先輩とはよくつるんでいた。学年は私より一年上、だが年齢は三つ上、東京の大学へ進学したが中退し、天理大学を受験し直していた。

私とは何故か気が合い、寮の部屋でよく騒いだ。

酔うとギターを取りだしてきて私に訊かせた。「名月赤城山」が得意。たまに私が持ち歌の〝朝日のあたる家〟を弾き語ると「アメリカの歌はやめろ！」と、遮り、歌わせなかった。

沖縄がアメリカに占領されていると言う、心の奥底の意識がそうさせていたのかも知れない。


私は真喜志を理解していたつもりだったが、時々、予想外の行動をした。

ある時、「腹が減りましたね」と、私が言った。これが、私の夜食の催促だ。

「コンチ、腹が減ったな」これは真喜志からの催促、この日は私が催促した。

「待っとけ」そう言い残すと真喜志は部屋を出て行った。

私は何を食べさせてもらえるのだろと期待した。

暫くたった。

「コンチ」障子越しに先輩の声が聞こえた。私は障子を開けた。そこに、大きな黒い物体が月明かりに見えた。

よく見ると牛！……。

「コンチ、殺せ！……うまいぞー」

「先輩、ええ加減にしてくださいよ！」私はビビってそう言うと、

「うふふふふ」と変な笑い方をした。

「何処から盗んで来たのですか？　早く返しに行きましょう」……私は焦った。

同級生が畑の柿を盗んで捕まり、新聞で騒ぎになったばかりだ。

すると、

「美味そうやけどなー。お前がそう言うのなら返そうか」と、わざとのんびりした口調で言い、
私が驚くのを見て子供のように楽しんでいた。

そして最後には、

「コンチ、お前が返せ！」と、そう言った。


私は真喜志先輩の後を、牛の〝くつわ〟を引きながら前栽（近鉄天理駅の次の駅）の方へ向って歩いた。

体育学部のグラウンドが過ぎた時、前から自転車の明かりが三つ近付いて来た。

そして、私達の前で止まった。

よく見ると一人は警察官だ！

「ヤバイ！」

案の定、

「待ちなさい！」と、警官が意気込んで言った。

「偉いことになった」

「その牛をどうするんですか？」と、訊いた。

真喜志先輩は落ち着いていた。

「こいつが、どこからか拾ってきたので、駐在所へ届ける処でしたよ」と、平然と言い、私を指さした。私の身中から冷や汗が流れでた。

　ところが、

「ありがとうございました。時々、牛舎を閉め忘れる事があるんです。ご迷惑をお掛けしました」と、飼い主らしき人が、自分の非を認めたかのように、丁寧に礼を言った。

　妙な流れになった。

「とにかく駐在所迄、ご同行、お願い出来ませんか？」と、警察官が言った。

「いや、朝のトレーニングが有りますので」と、先輩が警察官に丁重に言った。

「よく言うよ、朝のトレーニングには出て来ないのに」と、私は心の中で苦笑した。

「ありがとうございました。ありがとうございました」と、老夫婦は繰り返し礼を言い、その後、名前を訊かれた。

「柔道部の真喜志です」と、先輩が得意げに名乗り、「コンチ、お前も名前を言え」と、言った。

　私は慌てて名乗った。

　翌朝、授業に行く準備をしていた。すると呼び出しの放送。事務所へ行くと真喜志先輩が先に来ていた。昨夜の牛騒動の老夫婦だ。

「昨夜はどうもありがとうございました」と二人は礼を言い、菓子折りを差し出した。

「よくある事ですよ！　これからはしっかり、戸を閉めておいてくださいね。悪い奴なら売り飛ばしてしまいますよ」と、得意げに老夫婦に説教をし、菓子折りを受け取った。

今、思いおこせば、伯父さんは真喜志康忠と言い、沖縄演劇界の巨星と呼ばれた人物だと聞いていた。

見事な演技は、そのＤＮＡのなせる業だったのかも知れない。

若気の至りです。どうか二人共お許しください。懺悔いたします。

「来年、沖縄へ行きます」と、私は真喜志先輩に答えた。「お前は嘘をつくからなー、必ず来いよ！」と、真喜志先輩は言った。……この時、新婚旅行は沖縄へ行くことに決めた。

(2) 結婚式

我々は団塊の世代と呼ばれる。

思想的には多くの人は左翼的シンパシーが強く、軍国主義の世代を否定する教育を受け育っていた。

だが真喜志や私、天理大学柔道部は同世代とは逆に心情右翼的なところがあった。

一九七三年二月十三日、自宅で結婚式を挙げた。仲人は籠谷先生ご夫妻にお願いした。

仲人の籠谷先生は加古中時代の柔道部の友人、尾上神社神主の好崎先生の所へ何度も通い、神式結婚式のノウハウを教えてもらっていた。

尾上神社の歴史は古く、神功皇后が朝鮮に出兵するときに建立されたと言う。

「岸本、よく覚えとけよ！　昔は女が先頭に立ち、外国迄戦争をしに行ったんやで、気を付けろよ」と、意味ありげに忠告して下さった。

披露宴の料理や酒の潤は柔道部キャプテンの和田の親（割烹銀水）が、私の家の庭にテントを張り従業員全員が参加して作ってくれた。

籠谷先生ご夫妻と「割烹銀水」のお陰で、私達は、自宅でほのぼのとした手作りの結婚式と披露宴を挙行することが出来た。


那覇空港へ到着、ゲートを出た。そこはまるで外国だ。沖縄は、アメリカ兵で溢れかえっていた。

真喜志先輩が奥さんと出迎えてくれた。

大きなアメ車。私達の為に借りてきてくれたのだろう。

奥さんは身重だった。その年の十一月に、ご長男慶治さんが誕生する。

「コンチ、柔道部はどうだ、強くなったか」と、柔道部の話で盛り上がった。後ろの席の嫁二人は別の話で盛り上がっていた。翌日、午前中は南部の玉泉洞、午後はムーンビーチ方面を観光した。

道路をランニングするアメリカ兵の姿が印象的だった。彼らは降り注ぐ太陽を物ともせず、上半身裸で走っていた。「入隊時より、体重を増やしてはいけない」と言う不文律があるそうだ。

「体力こそ戦場で生き残るすべだ」と、真喜志が教えた。

私は、学生時代にタイで出会ったアメリカ兵達のことを思い出した。

「あの中には、ここの嘉手納基地から飛び立った者もいたのだろう?」

帰る前、土産にパイナップルを七個買った。

いざ荷造りをしてみると重いことこの上なし。

まるでウェート・トレーニングをしているようだ、途中で捨てようかと思った。

新婚旅行から帰り、籠谷先生と銀水にお礼の挨拶に伺った。

「お陰さまで良い式を挙げさせていただきました」

すると、

「岸本、物事には形式はあってないようなものだ。尾上神社の神主がそう言うとった。お前も教師と言う、形式の多い世界に入ったが、常識にとらわれず、思う通りにやれ！」と、結婚式の方法を中学柔道部の同級生から教えて貰った裏話を通じて、私の中学教師としての心構えを説いてくださった。

(3) 決　意

一九七四年。

教師になって五年目。

四度目の全国大会、兵庫県予選に出場したが、勝てなかった。それどころか、市、東播地区予選さえ勝てなかった。

この年、一宮北中学校が兵庫県代表校になる。

余談になるが、この中に細川伸二（一九八三年ロサンゼルスオリンピック六〇キロ以下級金メダリスト。現、天理大学教授）がいた。

市内に白陵と言う、中高一貫の進学校がある。

後藤研一が校風に会わず中途退学をした学校だ。

英才教育で県内外にその名が知れ渡っているが、柔道でも常に県の上位にいた。

指導者は藤田家将先生、ある時、先生に練習時間を訊いたことが有った。

すると、

「練習は一時間も出来たらいい方だ。落第があるからな」と、答えた。

籠谷先生からも、武専の稽古は一時間半から二時間位だ」と、聞いていた。

「うちは二倍も三倍も時間をかけて練習をしているのになぜ勝てないのだろう」と、私は思った。


一方、この年の四月、後藤は私が勧めた東洋大学姫路高等学校へ進学し、空手道部へ入った。

後藤は練習を終えると荒井中学校へやって来て、学校の部活とは別に、私と空手の練習をするようになった。


私は何度挑戦しても、地区大会予選にさえ勝たすことのできない、自分の指導力に限界を感じ始めていた。

その時、真喜志先輩の言った言葉を思い出した。

「沖縄へ来い！　いい先生がいるので紹介してやる」

〝琉球の手(ティー)〟……隠れ武士が「〝手〟を残そうと動き始めた」と、教えてくれた言葉。

とにかく、

「沖縄へ行こう！」と、私は決心した。

「柔道の指導法を探すため、〝手〟を学びに沖縄へ行きます」と、私は、柔道の師匠の花光長治先生と籠谷幸夫先生の所へ挨拶に行った。

すると、

「柔道を忘れるな！」と、両先生から同じ答えが返って来た。

そして、一九七四年七月二十日、終業式を終えると直ぐに、柔道の指導法を探すため大阪南港から沖縄行の船に乗った。

⑷ 沖縄戦

船は南港を出て瀬戸内海を進み、やがて、鹿児島湾に入り停泊した。

雄大な桜島の噴煙。

二時間程停泊し、再び航海が始まる。

東シナ海へ出た。

水平線の彼方には雲が上へ上へと伸びあがっていた。

「この海で、戦艦大和を中心にした日本海軍がアメリカ軍と戦ったのだ。特別攻撃隊はこの空の上を飛んでいった」との思いに至った。

私はこの時、日本人の持つ自虐史観をおかしいと思った。

デッキでトレーニングをした。持久力を付ける為に、ランニングとダッシュを何回もくり返した。戦場跡の海域が、私の感情を昂らせていた。

両手を手すりにつけて腕立てをした。

八百五十一、八百五十二……。

流れ出る汗が、船が切る波の中に吸い込まれ、そして、目の前に広がる群青色の海へと溶け込んでいく。

ふと「自分は何故、こんな事をしているのだろう」と、思った。


沖縄本島が近づいて来た。

イルカが数頭、何度も何度もジャンプを繰り返し、船と並走した。

まるで私を歓迎しているかのようにも思えた。

もう後戻りは出来ない。

三十六時間の船旅が終わり那覇港へ着いた。岸壁を降りると真喜志先輩が手を振り出迎えてくれた。

車に乗ると、

「松田先生の所は明日からだ。行くところが有る」と、言った。

車で少し走った。

日章旗の上がる小高い丘があった。

その丘を登った。

〝旧海軍司令部壕〟と看板が上がっていた。

真喜志先輩と私は受付へ行った。

「コンチ、宮城さんだ、ここの館長だよ」と紹介してくれた。

すると「今日の料金はいいですよ！　観光客は皆素通りしてしまうのに、よく来てくれました」と、宮城さんが言った。

「お前は公務員だろう！　そういうことはいけない」と言い、真喜志先輩は千円札を出した。

「摩文仁の丘や、ひめゆりの塔は人出が多いのに、ここはどうして少ないのでしょうね」と、宮城さんが嘆くように言った。

すると、

「岸本、ここは日本軍が最後まで抵抗した場所だから人が来ないんだ」と、真喜志先輩は声を強くした。真喜志先輩の右翼的シンパシー。

そういわれてみれば、摩文仁の丘やひめゆりの塔は、民間人や、女学生達の自決場所だと言う悲壮感があり、誰もが一度は手を合わせたいと言う気持ちが出てくる。

〝旧海軍司令部壕〟に観光客が少ないのは、ここを最後の拠点にして日本軍が戦ったと言う、「戦いは間違っていた」と言う日本人の持つ、自虐史観の現れなのかも知れないと、私はそう思った。


現在では〝海軍壕〟と名を改められ、公園として整備され、多くの人々が訪れるようになっている。

戦艦大和を旗艦とする沖縄特攻の碑も建てられた。

私に気になることが有る。

「教師達はこれを生徒達にどう教えているのだろう」

「この人達のお陰で、今の日本が成り立っているのだ」と、言う事だけは伝えて欲しい。


真喜志先輩と私は長い壕の階段を下りて行った。

地下二〇メートルの地底に、降りたつと、〝シーン〟と、静まり返っていた。

通路の傍には通信室、医務室、休憩所、と記された小さな部屋後が幾つもあった。それらの部屋の壁には無数の小指程の穴があった。説明文では日本兵が手榴弾で自決された際の破片跡だと記されている。

「沖縄戦で日本軍が最後迄、組織的に抵抗をつづけた場所だ」と、真喜志先輩が辛そうな顔をして言った。

しばらく見学をし、階段を上り、壕の入り口に立ち地底に向かって両手を合わせた。

地底から将兵の突撃の雄叫びが聞こえて来るような気がした。

沖縄は太平洋戦争で本土防衛最後の砦として、日本で唯一住民を巻き込んで地上戦が繰り広げられた地だ。

今、二〇二三年、遠いウクライナでも同じようなことが繰り返されている。

その後、歓楽街の松山へ行き、沖縄料理をご馳走になり、宿舎の沖縄高校柔道場へ連れていって貰った。

（５）思わぬやつら

道場で暫く話をし、真喜志先輩が帰っていった。

チチチチチ……天井から聞こえて来る音、私は天井を見た。

なんと、何十匹ものヤモリが天井や壁を這いまわっていた。その瞬間、私の背筋に寒気が走った。

それに加えてがゴキブリ登場。

こいつらは本土のゴキブリよりかなり体格が良い。時々、私を脅すためだろう、空中を飛び回った。

深夜は彼らの天下。……彼らにとって、私はこいつらの生態系を崩す侵入者、招かれざる客だ。

だがやがて私も慣れてきて、彼らを観察できるようになった。

時折、へまなヤモリは、ポトリと音をたてて畳の上へ落ちた。

寝ていると招かざる客の体の上に落ちてくる奴もいた。

体の上を遠慮なく這いまわるゴキブリもいる。

たちの悪いゴキブリは私に嚙みついた。

耳の中に入ろうとするやつもいた。

彼らは一致団結し、内地から来た「招かざる客」を必死になり追い返そうとしていた。

私はその度に、悲鳴を上げそうになった。

彼らは調子に乗り、侵入者を追い出そうと、増々凶暴になっていった。

その内、私の無条件反射。

顔に這い上がったゴキブリが最初の受難に遭う。

寝ぼけた私は、顔に這い上がったゴキブリを叩いてしまった。

「グシャ！」そんな音がした。

ヤモリとゴキブリの共同作戦も、本土からの侵入者をついに撃退することが出来なかった。

私は、それ程、やわに出来ていない。

明日からは〝手〟の修行。

お前らと遊んでいる暇はない！

(6) 琉球の〝手（ティー）〟

一九七四年七月二十三日……運命の日。
松田空手道場（後の沖縄小林流妙武館空手道総本部道場）
浦添市牧港の松田先生の自宅。
道場は何の変哲もない十坪程の土の庭。
松田先生は小柄だが、引き締まった体躯。どう見ても〝手〟の達人とは見えなかった。
この日、この場所から、
私の〝琉球の手〟の修行が始まる。

十人程の門弟が私を待ってくれていた。

山川さん、宮里さん、島袋さん、山入端さん、仲地さん……。

それぞれが自己紹介をした。皆、師範クラスの実力を持つと言う、錚々たる顔ぶれだ。

「まあ座りなさい」と、松田先生が私に言った。

私は縁側のかまちに腰を掛け、稽古を見ようとした。

「見なくていいよ」と、松田先生が言う。私は先生の方へ向き直った。

「どうぞ」と、言い、大量の黒糖の盛られた器が出され、ガラスコップに冷水筒から水を注いでくれた。

冷水筒には輪切りにされたレモンより少し小さい実が入っていた。

私は黒糖のかけらを口に含み噛んだ。白砂糖のような甘さではなく、コクがあった。

その後、コップの水を飲んだ。レモン水のような味がしたが少し渋みがある。

「この実は何ですか?」と、私は先生に訊いた。

「シークァーサー、平実レモンだ」と、教えてくれた。

これが、〝手〟入門、私が最初に教えて貰った技の一つかな?

その後、

「汗をかいたら自由に飲むんだよ、ここに入っているからね」と、言い、冷蔵庫を開けて見せた。

その中には、プラスティックの冷水筒に入ったシークァーサー水が何本も詰まっていた。

「汗を掻けば水分補給！」

今でこそ稽古途中の水分補給は一般的になっているが、当時はどのスポーツでも練習中の水分補給は禁じられていた。


幼児がまとわりついて来た。

「律っちゃん、伸二を奥へ連れて行こうね」と、松田先生が言った。長女の律子さんは次男の伸二さんを奥へ連れて行った。

長男の広和さんは一緒になり稽古をしていた。因みに広和さんは、修練を重ねられ、二〇二一年、二代目、妙武館館長を引き継がれる。


「最初に自由組手の説明をしようね。寸止めじゃないよ、但し、顔は正拳ではなく、手を広げて打ちなさい。それから、君は柔道家だから柔道の技を使ってもいいんだよ」と、言い、松田先生は自分の右手の手のひらを私に見せ、左手の指先で叩いた。

「掌底」と、教えてくれた。……求め続けた柔道必勝の技法がここにあった。私がそれに気づくのはその日の夜の事。


〝手の柔道〟……ここ、沖縄県牧港から世界の柔道が変わっていく。

(7) 自由組手

説明の後、

「宮里、岸本の相手をしろ」と、松田先生が命じた。

宮里さんは松田道場の師範代。後で聞いたことだが、若い頃、実戦をライフル射撃に求めていた。

しかし、弾が尽きた後の事が気になり、幾つもの道場を回り、空手の技量を磨き上げたと言う逸話の持ち主。

私は柔道の世界選手権やオリンピックの金メダリストとの練習経験はあった。又、喧嘩空手、寸止め空手、少林寺拳法、他武道との実戦経験もあった。

が、〝手〟は無い。

「準備運動をさせてください」と、私は申し出た。

すると、

「岸本、人が襲われるのを見た時、喧嘩を売られた時、君は『準備運動をするから待ってくれ！』と言うのか？」と、先生が問い返した。

「その通りだ。私は〝手〟を盗みに来たのだ。心準備と準備運動は一対のものと考えなければならない」その時、私は先生の言葉を、妙に納得したことが記憶に残っている。

私と宮里さんは互いに礼をした。

禁じ手は、正拳による顔面への攻撃と、金的への攻撃だけ。

掌底の顔面突き、蹴り、投げ、全てが許される。

それは、本土の剛柔流でもなく、糸東流でもなく、松濤館流でもなく、極真空手でもなかった。

〝琉球の手〟……武士や民衆が、長い歴史の中で創り上げた術。

沖縄古来の実戦的武術〝手〟……自由組手が始まった。

宮里さんは右手掌底を私の顔に向け、左手掌底を腹の前に構えた。

私は左足を前にして軽く両手を握り、顔の前で構え、柔道の左自然体で立った。

先輩達は稽古を止め、私達二人に視線を集中させた。

私は少し待った。

すると、宮里さんは右手掌底を少し横へそらした。

誘い？

私は掌底で顔を突こうと踏み込んだ。瞬間、宮里さんの右掌底が私の左手首に触れる、その後、左掌底が私の顔面を捉えた。

顔面に衝撃！

鼻に違和感。……右手の袖でふくと、真っ赤になった。……

この瞬間、遠慮が溶けた。私の本能の目覚め、

「やりやがったな！」……攻撃的な気性が蘇った。

私は左掌底を前に出し、継足で体当たりをするように前へ出た。左掌底が宮里さんの稽古着に触れる。咄嗟に襟を掴んだ。腰を回しながら同時に引手を掴んで引いた。

宮里さんの身体が宙に浮く。

「組んでから掛ける」と言う、柔道の基本のセオリーではない。

要領を掴めば、楽なもの。二十六歳の若さは無作法なほどに遠慮を押さえていた。

三十分ほど自由組手が続いた。
三、四度、宮里さんを体落しで宙に舞わせた。
「止め」……松田先生の指示。私達は構えを解いた。


「水を飲め！」と、松田先生が言った。

私はシークァーサー水の入った冷水筒を冷蔵庫から二本取り出し、宮里さんにその一本を渡した。

私は庭の隅に行き、皆に背を向けた。丁度、太陽に真正面から向かう格好。

太陽が素晴らしく輝いていた。目を伏せ、一リッター程のシークァーサー水を一気に胃へ流

し込んだ。

胃に吸収されたシークァーサー水は瞬間、滝のような汗となり、体外へ流れ出た。……気力と体力が再び充実した。

「今度は上衣を取ってやってみようね！」と、松田先生が言う。宮里さんと私は上衣を取り、向かい合った。

鍛え抜かれた宮里さんの鋼鉄のような身体が私を威圧するように立ちはだかった。

自由組手が始まった。

私は宮里さんの呼吸を読んだ。着衣の時と同じように投げ技に入った。ところが掴んだがすべってしまい、背中を見せる格好になった。宮里さんは見逃さない。一瞬にして宮里さんの掌底は、後ろから私の顔や腹を掬うように襲った。私は痛みと苦しさで崩れ込んだ。

「鼻から大きく息を吸え、くちから吐け！」と、周りが教えてくれた。

私は立ち上がり、左自然体、両掌底を前に出し構えた。

宮里さんが前へ出て来た。私は後ろへ下がり、攻撃を避ける。私の自制心が働きはじめ、やみくもに仕掛けるのを控えるようになっていた。

前後左右に動いた。

三十分ほど過ぎ、松田先生は止めなさいと言った。

（8）型と掌底

予備知識では、型の基本はナイハンチ初段からと聞いていた。

ところが、私は平安初段から。

「人を見て法を解け」……後日、松田先生から諭された。

私の沖縄へ来た目的は〝手〟への挑戦と、得る物があれば柔道へ取り入れること。

島袋さんが平安初段の手数（ティカジ）（順番）を教えてくれた。

私は必死になって覚えた。……その後、ナイハンチ初段へと進む。

真昼の太陽がジリジリと私に照り付けてくる。


「手を伸ばして手のひらを前に出してみろ」と、松田先生が言った。私は手のひらを前に出した。

すると、

「島袋、手本を見せろ」と、松田先生が言った。

「一、二、三、四、五……」島袋さんは、腕を伸ばし〝掌底〟を太陽に向け、〝掌底打ち〟の見本を見せてくれた。

「皆で〝掌底打ち〟を千回やってみようね。手首の使い方に注意するんだよ」と松田先生が言った。

　私は両手を上げた。

「岸本！　バンザイじゃないよ」と、松田先生が笑いながら言った。

　皆は太陽に向かい、両手を上げた。

「〝掌底〟で太陽を打て！」と松田先生が言う。私は両手の掌底を太陽に向けた。

だが両手の間から漏れでる太陽が眩しい。私は右足と右掌底を少し後ろへ引き、左掌底を太陽に向けた。

「やるなー、岸本！　それでいいのだ。後ろへ引いた右手を〝隠し手〟（カクシティー）と、言うんだ。覚えとけよ！」

「一、二、三、四、五、六、七……」十回を一クール。

「左手を前に！」と、先生の指示が変わる。

「岸本、左右の掌底で太陽は遮断できたか？」と、松田先生が訊いた。

「ハイ」私は夢中になり太陽に〝掌底〟打ちを繰り返した。

　それが十分ほど続いた。

「次は中段掌底……前にいる相手の肋骨を、横から両掌底で打ちなさい」

　私は先生のやり方を盗み見した。

　十分ほど続いた。

「下段」と指示があった。

「もう少し肘にゆとりを持たせた方が良いよ」

「そう」

「掌底で蹴りを捌くんだよ」

「一、二、三、四、五、六、七……」やがて、掌底打ち千回が終わった。

私は手が動かなくなっていたが、諸先輩方は何ともないような顔をしているのには驚かされた。

体中、全ての水分が体外へ流れ出て、太陽に吸収されていた。

全員が水分補給。……ペットボトルのシークァーサー水を、浴びる様に身体に流し込んだ。

(9) 手(ティー)の柔道

「島袋、突いてみろ」と言った。

島袋さんが「ワン・ツー」……ボクシング流。

先生は掌底でその突きを軽くさばいた。

「もっと早く!」と再度、促した。二、三度くり返した。

その後、松田先生は掌底で捌きながら足払いを掛けた。

島袋さんが吹っ飛んでいく。私には松田先生の動きが見えなかった。

「攻撃を捌きながら同時に攻撃をする。今の動きは六つの動作を一瞬にした」と松田先生は言い、その後、ゆっくりとした動きで説明をしてくれた。

「岸本、捌きだよ！」と、言いながら先生は微笑んだ。

私はその時、

「この動きこそ、柔術だ！」と、思った。生死を掛けた戦いは一瞬で全てが決まる。

「手は、大和で言う柔術だ」私はそう思った。


その夜、歓迎会を開いてくれた。沖縄高校の真喜志先輩も参加した。

オリオンビールと泡盛、肴はヤギの刺身とハブのから揚げ、ハブスープ。

「岸本、遠慮せずに食べろ、このハブは君の為に、そこの草むらから捕って来たよ。新鮮でおいしいよ」と言った。歓迎の為の心づくしの料理。

私にすればゲテモノ。

「えーい」私は心の中で気合を入れ、勇気を奮い起こしハブを口の中に入れた。するとゲテモノと思ったハブも案外、美味かった。

その後、

「教えておくが、暗がりで縄のようなものを見つけても絶対に、またぐなよ、噛まれるよー」と、松田先生がハブの生態について恐ろしそうな顔をして教えてくれた。

真喜志先輩が沖縄高校の校門前まで送ってくれた。五〇メートル程の坂道を上った。縄が落ちていないか?……ハブが出たらどうしよう。

恐る恐る坂道を上った。たった五〇メートル程の坂道が、永遠の長さのように感じられた。

宿舎代わりの柔道場にやっとたどり着いた。

電気をつけると、今度はゴキブリが飛んできた。軽蔑するわけではないが不器用な跳び方だ。

天井のヤモリの眼が一斉にこちらを向いた。

それにしても不気味な奴らだ。


私は一日を整理する為に、電気を消し道場の中央にあぐらをかき、黙想をした。

私の頭の中には〝掌底の捌き〟がこびりついていた。

「動きをやってみよう」と思った。

私は立ち上がり電気をつけ、左右の掌底を天井に向けた。

何十匹ものヤモリの視線が私に集中していた。……チ・チ・チ・チ・チ・チ。威嚇した。

すると、ゴキブリが飛んできた。

回し蹴り。……かわしやがった。

「こいつらに関わっている暇はない」と、私は思った。

グラウンドへ出る事にした。

「ここなら邪魔者はいない」私はグラウンドへ出て、天を見上げた。

すると、満点の星がこぼれ落ちそうに輝いていた。

私は左右の掌底を縦横無尽に振り回した。……ジョギングをしながら振り回し、松田先生の捌きの真似をした。

「これだ！　これなら勝てる！」何度も繰り返すうちに柔道必勝の秘訣を身体で感じた。

月が出てきた。私はナイハンチ立ちになり、月に両掌底を向けた。

十回程掌底で打った後、右手を〝隠し手（カクシティー）〟にし、左掌底で月を消した。

十回ほど打ち、右手と左手の掌底を基に戻す。すると、左右の掌底の間から月が見えた。

今度はその逆、月が笑っているように思えた。

この瞬間〝琉球の手〟と〝日本伝講道館柔道〟が融合した。

これから約三年後くらいかな？〝手の柔道〟が日本国中に旋風を巻き起し始めるのは。

高砂市立荒井中学校の活躍と共に、まるで波紋が広がるように、〝手の柔道〟が日本中に、いや、世界中へと広まっていく。

(10) グローブ組手

翌朝も、真喜志先輩が私を迎えに来てくれた。

私は明日からバスで移動しますと言った。柔道部はインターハイを目前に控えていた。

先輩は、牧港の道場へ私を降ろすと学校へ戻っていった。


その日はボクシング用のグローブが二組用意されていた。

「グローブ組手をやってみようね！」と、松田先生からの指示があった。グローブは宮里さんが付けてくれた。

グローブを付けての自由組手は初めての経験だ。

相手は仲地幸栄さん。身長は一メートル七二センチ、体重は八五キロ。がっしりした身体からは生気がみなぎっていた。柔道二段。

「岸本、お前も凶暴だが、仲地はもっと凶暴だ。組手をするときは気を付けろ。ベトナム帰りのアメリカ兵三人と喧嘩をして、全員ノックアウトした」真喜志先輩から、仲地さんは喧嘩が強いと車の中で聞いていた。

この頃、テレビではキックボクシングが視聴率を上げていた。沢村忠の真空飛び膝蹴りが一世を風靡。

私には仲地さんの古武士的な風貌が、沢村忠に結び付いて見えた。

「相手にとって不足はない」私は、そう思った。


礼をし、向かい合った。

構えたが、全く感覚が違う。グローブを付けた手がもどかしかった。

仲地さんはヘビー級、一発食らえばたちまち昇天。

私の性格は攻撃的ではあるが、慎重になった。

仕掛けるパターンは無数にある。

「感じる事だ！」と、私は思った。


仲地さんが動いた。左手でジャブを繰り出してきた。私はグローブで受けながら少し下がった。その瞬間、仲地さんは鋭く回転した。……「後ろ回し蹴り！」私の中段を狙って蹴り込んできた。私はグローブで受けた。重い！……グローブ越しに仲地さんの強力な足刀を感じた。

私は吹っ飛ぶように後ろへ飛ばされた。

私は立ち上がった。仲地さんの動きがあらまし分かった。本能がそれを理解した。

ジャブ、ジャブ、継足で追い込む。仲地さんの意識が私の手に偏った。仲地さんの体重が少し後ろへ移動した。私は追い込むように前へ出て無意識に二段小外刈をだしていた。仲地さんが滑った様に後ろへ倒れた。

私は〝極め〟はしなかった。

仲地さんが立ち上がった。

ジャブ・ジャブ・ストレート、前蹴り、左右の後ろ回し蹴り。むきになり私を攻め立てる。

私も攻めたてた。

息切れがしてきた、仲地さんに悟られないように鼻で小さく二度息を吸い込み、口から一度で吐き出す。それを繰り返した。

昨夜の酒の所為だろう、セカンドウインドが中々こない。

「それまで!」松田先生の声。

三十分程が過ぎていた。

シークァーサー水を飲んだ。


一分ほど休憩、今度の相手は島袋さん。

小林流系統の道場の師範代と言う事だ。しかし、私の呼吸は荒い。

早く戻さなければ、私はセカンドウインドを呼び起こすために調息呼吸をくり返した。呼吸が戻った。

ワン、ツー、蹴り、回し蹴りから横蹴り、次々と攻め立てた。私は様々な攻撃方法を組み立てる。島袋さんは上手にそれを捌いた。

やがて松田先生の「止めなさい」の声が掛かった。

その後、山川さんからナイハンチ初段の型の手数を教えて貰う。

型の中には柔道必勝の秘策が隠されていた。

子供達（荒井中学校の生徒）の持つ課題が次々と解れて行く。

例えば、相手の〝引手〟を切る（外す）。

今では、その技法は柔道の中ではポピュラーなものになっている。

私はナイハンチの型の手数を、柔道と言うパズルに、はめ込んでいった。

⑪ ウチナージマ（沖縄相撲）

一週間ほどが過ぎた。

「今夜、糸満へ相撲に行こうね！」と松田先生が私を相撲に誘った。

〝ウチナージマ〟……私はてっきり見に行くものだと思っていた。

そうではなかった。

「沖縄全島から選手が集まるよ。みんな強いよ！　岸本も申し込んであるからな！」と、松田先生が言った。

「ありがとうございます」私は嬉しかった。未知の格闘技への挑戦。


沖縄高校の柔道場。

真喜志先輩が帯を二本出してきた。

松田先生が帯を締めた。私も先生に倣って帯を締めた。

「シマは、大相撲の〝右四つ〟に組んでから始めるんだ」

私は松田先生と組んだ。

松田先生の左手が、私の右手の上から私の帯を巻き込むようにして握った。瞬間、私は身動きが取れなくなった。

「岸本、やって見ろ！」と松田先生が言った。私は力をいれた。

「それでいい。強く帯を握るのだ！　相手の背中を地につけたら勝ち、三本勝負だよ」と、ルールを教えてくれた。


「〝琉球の〝ティー〟と〝ウチナージマ〟は原点で一致する。言わば車の両輪のようなもの」と、私は頭の中で整理した。


その夜、真喜志先輩の運転で、松田先生と三人で糸満の〝ウチナージマ大会〟に出かけた。

試合場には砂が敷き詰められていた。

本部席にはキャンパス地のテントが三組たてられていた。

その横には景品が山のように積まれている。

優勝者には冷蔵庫、テレビ、準優勝者には洗濯機。二〇キロ入りのコメ袋と生活用品等々。所狭し、と山積みにされていた。

応援者。

ブロック塀に上がっているもの、屋根の上からと、実に野放図な光景。

まるで映画で見た、古代ローマの闘技場の熱気が溢れ出ていた。

そして私はグラディエーター。


試合は十時頃から始まった。

沖縄全島から集まった相撲の強者。

試合はトーナメント方式で進んだ。私は一回戦、二回戦、三回戦と勝ち進む中、要領を覚えていった。

そして、準決勝。

対戦相手は天理大学出身の新里さん。大きな人だ。私が入学した時にはもう卒業していたので初対面。

組んだ。もろに強さを感じた。こう感じた時、すでに気力で負けていた。

結果私は沖縄県第三位。

貰った商品は、米三袋、たわし、鍋、マルボロ（アメリカ製のタバコ）。優勝してテレビを貰い、松田先生にプレゼントしたかった。

〝ウチナージマ〟（沖縄相撲）は、格闘技の基礎体力をつける効果的な方法だ。何しろ、最初から右四つに組む接近戦。

松田先生は〝ウチナージマ〟も〝手〟の修行方法の一つとして組み入れていた。

私は頭の引き出しに、柔道の効果的な練習方法として、しまい込んだ。

〝ウチナージマ〟のシーズンは梅雨が上がった頃から始まる。

⑫ 沖縄海洋博

沖縄海洋博は沖縄返還日本本土復帰記念事業として一九七五年七月から実施することになっていた。

工事は遅滞気味、マスコミは工事の遅れを指摘し、何とか成功させようと躍起になっていた。道路を整備し、ホテルや宿舎が立ち始めていた。官民挙げての一大事業で沖縄は活気づいていた。

そんな中、牧港の道場も道路整備の為、立ち退きを余儀なくされ、松田先生の住まいと本部道場と三線の店は現在の那覇市辻に移転し、道場は宜野湾、嘉数の小高い丘の上にある教会跡へと移った。

新しい道場からは太平洋と東シナ海の両方が見渡せ、遠くに、ガジュマルの樹が生い茂る、中城城（ナカグスクジョウ）の石垣が見えた。

この日から、私はホテルに泊まることにした。一番良かった事は、ゴキブリやヤモリ達、あいつらの顔を見なくて済むことだ。

私は、あいつらに挨拶もせずに消えてやった。

移動には少し、贅沢をしてレンタカーを借りた。うそのような話になるが、その頃のレンタカーにエアコンが無かった。

朝の稽古を終え、車に乗ろうとした。すると小型の恐竜のようなトカゲが、ハンドルに絡りついていた。

「ギャー」私は悲鳴を上げてしまった。

「どうした！」と、仲地さんが飛んできた。

私は指をさした。

「木登りトカゲだ。千円で売れるよ」と笑いながら言い、無動作に掴み上げ、茂みに放り捨てた。

翌日、松田先生が沖縄最北端の辺戸岬へ連れて行ってくれた。

アメリカから独立した沖縄は、次々と開発されていく。

名護の七曲りと言う、風光明媚な海岸線が有ったが、いつの間にか直線道路になってしまった。

それはそれとして、現在は中央分離帯に植えられた蘇鉄が、新たな勇壮な景観を醸し出し、ドライバー達の目を楽しませてくれている。

辺戸岬への長い道中、私は松田先生から〝手〟の先人達の逸話を訊いた。

私は頭の中で〝手の柔道〟を、生徒達にどのように伝えるべきか?と、考えていた。

身体の小さい者、身体の大きな者、……大きい相手、小さい相手。

いろんな相手との試合場面を想定した。

そして〝手〟と〝柔道〟を融合させていった。

沖縄の牧港から、日本伝講道館柔道が変化をし始めた。

いや、
手や柔術へと、先祖帰りを始めたと言うのが相応しいだろう。

第5章　優勝へのきざはし

(1) 〝手(ティー)〟と〝柔道〟の融合

一九七四年九月、沖縄から帰ると〝手(ティー)〟を自分の物にするために、実家の庭先と、住居である県営住宅の庭に〝手〟の稽古場を設けた。ここへは教え子の奥野史郎と古田裕八を呼んだ。

〝手〟の一番目の弟子。

〝手〟と〝柔道〟の融合。

〝手〟の自由組手、型、それを通して、私は違う視点から、柔道を見る様になっていた。

〝掌底〟……。

私は寸暇を惜しんで、手の柔道を組み立てた。

仕事中は空き時間を利用した。ある日の、空き時間中の模索メニューを書いてみよう。
・ナイハンチ初段五回
・ナイハンチ二段五回
・ナイハンチ三段五回
・平安初段〜五段
・掌底打ち三百回
・掌底組み勝ち
・一人打ち込み（背負い投げ、内股、大外刈り等々）各五十回

・足払い

〝手〟と〝柔道〟の融合を二十四時間、夢の中でも追い続けた。

全国の中学、高校、大学の指導者達を意識した。

「あいつらを、あっと言わせてやろう！……」と、思う反面、私は孤立することを憂慮した。

長い時間をかけて出来上がっていた柔道指導の既成概念を覆す事になる。

だが、全国優勝と言う、四文字の魔力の前には勝てなかった。

私の頭の中に、物語のような世界が広がっていき、その頂点に立つのは私であり荒井中学校だと思うと楽しかった。

そんな時、突然、籠谷先生が道場へ来られた。

そして、

道場へ上がった先生は、背筋を伸ばし、無言で〝足払い〟をしながら道場を数回往復した。

生徒達はいぶかし気に先生の所作を見ていた。

「皆でやってみよう！」私は先生に続いて立って足払いを始めた。生徒達も私に続いた。

それが終ると籠谷先生は皆を集め、

「足を自在に使えれば占めたものだ」と、言った。

ナイハンチの型の足技〝波返し〟……。

私はこの型を繰り返しながら、古人が、型の中に閉じ込めた格闘術のエッセンスを紐解いて行った。すると、〝手の柔道〟が更に見えて来た。


奇跡を起こし始めた〝手の柔道〟、取り入れてからわずか二か月後。

東播地区新人柔道大会。

荒井中学校が位置する東播地区には明石市立二見中学校、小野市立小野中学校、私立白陵中学校等々、名門校がひしめいている。

二見中学校や小野中学校は小学生柔道経験者が殆ど。

ところが、あっという間にそれらの伝統校を破ってしまい、荒井中学校が優勝をかっさらってしまった。

「今年の荒井中学校は違うぞ！……」と、監督達が不思議がる。

そして、その噂は、瞬く間に、近畿一円に流布されて行った。

(2) 第三十三回全国高等学校柔道大会(インターハイ)

少し横道にそれ、〝手の柔道〟を、極限に立証した、興味深い事例を紹介してみよう。

高校へ進学した〝手の柔道〟の伝道者達。

一九八四（昭和五十九）年三月の事、日本武道館で行われた第六回全国高等学校柔道選手権大会は奈良県代表の天理高校が優勝した。

この大会には荒井中学校の卒業生、竹林英彦（二年生）、中谷弘（一年生）、〝手の柔道〟の伝道者、この二人が決勝戦でポイントを上げ優勝した。これだけでも大事件だ。

だが、それだけでは終わらなかった。

一九八四（昭和五十九）年八月のインターハイ（秋田県で開催）、竹林にとっては高校生活最後の大試合。

大会前の予想通り、決勝戦は春の選手権大会と同様、天理高校と東海大第二高等学校（現東海大学付属熊本星翔高等学校）の間で行われることになった。

この時、竹林と中谷の〝手の柔道〟はさらに進化を続けていた。


先鋒、天理の飯田は東海大第二の近藤と熾烈な技の応酬の末、引き分け。

次鋒戦になった。天理は〝中谷弘〟……対する東海大第二は〝中村裕二〟。

二人は試合場内へ入ると礼をし、一歩前へ出ると自然体で向かい合った。

始め！……審判の声。

最初、観衆には、組み手争いのように見えた。しかし、中谷の組手は〝琉球の手〟中村とは、その質がまるで違う。

「組み負ける！」中村は、次第に焦りだした。しかし、その時はすでに中村は中谷の術中にはまっていた。

上半身の動きに集中しなければならない中村は、その分、下半身がおろそかになった。

中谷はそれを感じ取る。

瞬間、中谷が〝送り足払い〟。

中村の身体が、あたかも氷上を滑ったかの様に、大きく宙に浮く。

「一本！」……高々と審判の手が真上に上がった。

観衆は呆気にとられた。何事が起ったのだろう？と、
横文字言葉で言えば、フェイント？……そう、中谷は巧みに掌底と手刀受けで、中村の意識を上半身に引き付けていた。

中堅、白石VS栗原。……東海大第二の栗原が一本を取った。

続いて副将の森本は引き分け。

〝一対一〟の振出しに戻る。

勝負の行方は大将戦に預けられた。

白熱を帯びた場内に、両チームからの歓声が上がる。

天理高等学校、竹林英彦、対する東海第一高等学校、大幸茂。

両者は礼をすると一歩前へ出た。〝始め！〟審判の声。

竹林は両手で自分の頬を手で叩きながら、前へ出た。組みにくる相手を巧みに〝掌底〟で捌き、組みに行く。

〝手の柔道〟ではこれを組勝ち！と、言う。瞬間、竹林が仕掛けた。送り足払い。大幸は足を滑らせたように、畳の上へ背中から叩きつけられた。

〝一本！〟主審の手が高々と上がる。天理高校の応援席からどっと歓声が上がった。

中谷　弘（二年生）……きまり技、送り足払い。

竹林英彦（三年生）……きまり技、送り足払い。

決勝戦で、勝ち星二つをあげた二人は、荒井中学校の卒業生、〝手の柔道〟の伝道者。言っておかなければいけないことが有る。二人は、どちらも中学生になり柔道を始めた中学デビューの選手達だと言う事を。

蛇足までに付け加えると、この試合、決勝トーナメント二回戦の代表決定戦でも、中谷弘は京都商業高校の藤岡等を、送り足払いで破っている。

その頃、

「生徒を県外へ出すな！」……私は、兵庫県の高校の先生方や教育委員会からクレームの声を聞くようになっていた。

それはそうだろう、〝手〟の柔道は、日本国中を席巻するようになり、中高だけに関わらず、大学にまで浸透していた。

私にも愛郷心は有る。しかし、それとこれは少し違うと思った。

「柔道はいや、スポーツは人生の一時期の出来事だ。自分が行きたい所へ行き、やりたいことをすればよい、こだわりなく夢に向かって進め！」

アフリカで柔道を教え、その後、外人部隊、貿易会社を設立、金髪の花嫁……。

青春の真只中で私の心に育くまれた夢。

しかし、
不本意ながら、教師と言う、最も窮屈な世界に入り込んでいた。せめて、生徒達には後悔のない人生を歩ませてやりたいと思っていた。

(3) 講道館事件

少し戻る。

私は大事件を起こしてしまった。

一九七五年五月、修学旅行の二日目。

東京、後楽園遊園地。園内で二時間の自由時間が取ってあった。

修学旅行一週間前、校長室で引率教員の打ち合わせがあった。

私は後楽園遊園地での自由時間の時、柔道部員を講道館へ連れて行き練習をさせたいと、申し出た。

「駄目だ！」と、校長が真っ先に反対した。当然だろう。

ところが意外な事に日教組の分会長が、

「岸本さん、私は大賛成よ。今の修学旅行は形骸化してしまって意味がないわ、大いにやりなさい。これからの修学旅行のモデルケースよ」と言い、賛成してくれた。

私はそれには驚いた。

分会長が真っ先に反対するものと思っていた。その一言で、会議に参加した全職員が講道館での練習を承認した。

校長は心配そうな顔をしていたが、同意せざるを得ない状況に追い込まれていた。

放課後、私は意気揚々と道場へ行き、部員達を集めた。

「喜べ！　修学旅行の時、講道館で練習ができるぞ！」と、私は声高に言った。私は大手柄をたてたつもりだった。

ところが、部員達は急に興ざめしたような顔つき。

「先生何を言っているのや。気が狂ったのと違うか？……阿保と違うか？……」

部員達の心の声が表情に現れていた。

「やかましい！」と、私は心の中で叫んでいたが、取り付く島もなかった。

後楽園での自由時間。

私は柔道部員のブーイングを背にして、文京区春日にある講道館へ向かった。

生徒達は不服そうに柔道着を肩掛けに担いで私の後に続いた。

後楽園からは、すぐそこに見えていた講道館だが、いざ歩いてみると時間がかかった。


受付を終え、部員達は柔道着に着替え、道場に出た。

講道館の大道場。私は炎天下の、松田空手道場と比較した。


白人、黒人、黄色、人種のるつぼ。だが誰もが、求道の思いは同じ。

「井の中の蛙、大海を知らず。ここで練習をすれば意識が変わる」私は生徒達を大海へ押し出そうと思っていた。


準備運動を終え、皆が私の所へ集まって来た。

「出来るだけ多くの外国人と練習しろ!」と、指示をした。

部員達は始めこそ委縮をしていたが、次第に、思い思いの相手を選んで練習が出来るようになっていた。

成果は思惑通りに上がっていた。

ところが、三十分ほど過ぎた頃、
一人の部員が白人男性の肩に手を回し、私の所へ来た。男性は国籍と名前を名乗り、私に詫びた。

「お互い様だ、心配するな」と言い、彼をその場から去らせた。

生徒の足を見ると変形していた。

私は練習を中断させ、部員達を着替えさせた。

その後、怪我をした生徒をおんぶして病院を探した。

途中、雨が降り始めた。

背中の生徒が濡れるのが気になった。

⑷ 新聞

帰路。新幹線を姫路駅で降り、山陽電車に乗り換え荒井駅まで。

私は最後に電車を降り、荒井駅の改札を出た。

すると、フラッシュの閃光！……私は思わず手で遮った。その後、何度か閃光が走った。

翌朝の新聞、

「荒井中学校の生徒、修学旅行中に講道館で柔道練習をして重傷！」大きな見出しの新聞記事が出た。

私はすぐに学校へ行くと、学校中が大騒動になっていた。校長室に入ると、三年生の先生方が集まってきた。

私は皆に謝罪をした。

すると、分会長が手をあげた。……私は何を言い出すのかと思った。

「校長！……今度の修学旅行についてですが、事故は兎も角として、あれでよかったのではないでしょうか？……形骸化した修学旅行のあり方自体に問題があります。校長のご意見をお聞かせください」と、言った。

これまで、私を眼の敵にしていた分会長が、私をかばうような発言をした。校長は腕組みをしたまましばらく目を閉じていた。

「校長！　寝ているのですか？」と、分会長がヒステリックな罵声を浴びせた。分会長は元の、恐ろしい分会長に戻った。校長は驚いたように背筋を伸ばした。

「この事に関しては窓口を一本化する」と、校長が言い、教頭に指示をした。


それから、二十年程が過ぎた頃の、修学旅行の思い出。

私は長崎の坂道を上がって、やっと、丘の中腹にある、坂本龍馬の海援隊の本拠〝亀山社中〟へたどり着いた。日本の新しい時代の幕開けの一つの場所。

ところが、下調べが足りないのか？　ここへはどの班の生徒も来なかった。

それにしても、分会長は体験型、班別行動の修学旅行をその頃に、よくも考え付いたものだと、ふと思い出した。

その時、学年主任の声が聞こえた。

「集合時間に遅れるな！」……我に返った。……私は校長だ。

話を戻そう。私は職員会議を終え練習のため、道場に行った。三年生も練習に来て練習を始めていた。全国大会の兵庫県予選が近付いていた。

新聞記事を読んだ数人の保護者が道場へ入って来た。

私は乱取りをする手を止め、保護者に挨拶をした。

保護者の一人が、

「先生、首ですか？」と、切り出した。朝の井戸端会議でそんな話が飛び交っていたと言う。

すると一人の親が、

「柔道授業を拒否する親達がいますね。そこから火の手が上がらないかが心配です」と、言った。

荒井中学校は、二年前から週一時間、全校男子生徒に柔道授業を取り入れていた。

ところが、柔道授業に強硬に反対する宗教団体があり、信者の子供達複数が、柔道授業をボイコットしていた。

その宗教団体は、何度も柔道授業の中止を求め、学校へ抗議に来ていた。

学校へ来た保護者達は、その宗教団体のとる行動を、心配してくれていた。

普段から教育委員会もその対応に追われていた。

信教の自由は認めざるを得ない。だが、柔道、いや格闘技は人生を生き抜くための修行、「自分が投げられる事により、弱者の痛みが分かる」私は、人生を逞しく生きる為の授業だと思っている。

(5) ごろつき新聞

私の事を記事に取り上げたのは、正規の新聞だけではなかった。

強烈な女性、通称「お銀ちゃん」。

高砂市役所を本拠地にして、近隣の市町村の公務員達を震撼させていた。

そのお銀ちゃんが、講道館事件の後、私を追いかけていた。

練習が終わり家へ帰り、新聞受けを見た。すると、そこに四つ折りの、紙が放り込まれてあった。

何気なく、手に取り広げてみた。

その紙には「荒井中学校の暴力教師、岸本美一は修学旅行中、講道館へ連れて行き柔道練習をさせ、重傷を負わせる」鮮烈な表題。私に衝撃が走り、二階の自分の家へ駆けあがった。

家の中へ入ると、嫁が青い顔をして、

「隣の奥さんが持って来てくれた」と言い、〝ごろつき新聞〟を私に見せた。

私は深呼吸をして記事を見直した。

記事の内容は、
部活中、日常的に生徒を叩いている。……

長期休業中は出勤もせず、愛人と沖縄旅行……。

「こんな教師は止めさせろ！」と、最後は結んであった。

「お父さん、私、外へ出られない！」と、嫁が言った。

その腕には、一歳半になる、娘の有香が抱かれていた。

私は対処の方法が分からず栗原さんに電話を掛けた。

すると、心良く、

「すぐに出てこい！」と、答えてくれた。

会社へ行くと、栗原さんも〝ごろつき新聞〟を手にしていた。

「お銀ちゃんと言う名物女子や、何度か話をしたことが有るので、わしが話をしてくる」と、栗原さんが言った。

その時、私は自分で話をつけようと思った。

「いえ、自分で行ってきます」と、答えると、

「自分で行くか、その方が良いかもしれんな。しかし、感情的になりすぎるなよ！」と、栗原さんは言った。

翌日、栗原さんから学校へ電話がかかってきた。

「今、お銀ちゃん市役所の玄関に陣取っているらしい、もう一度言っておくが、絶対に感情的になるな！」と、忠告してくれた。栗原さんは、私の気性の激しさを心配していた。

「ありがとうございます。後で御報告いたします」と、言い、私は電話を切った。

栗原さんは私より七歳年上、柔道二段。この少し後、株式会社籠谷の社長に就任する。後日運動不足だと言い、青年会議所同期の志方さんと妙武館に入門し、二段にまで昇段する。

高砂市役所は荒井中学校から歩いて五分もかからないところにある。私は意気込んで市役所まで走った。

玄関へ入ると〝お銀ちゃん〟らしき人物がいた！

「岸本です」と、私はいきなり名乗った。自制心が失せていた。

すると、
お銀ちゃんの意表を突く言葉、

「貴方!!　勤務時間中じゃないの？　職場放棄じゃないの！……」私とは踏んだ場数が違う。

わざとらしく時計を見ながら、突き放すような声で言い放った。

「日教組は八時間労働を主張するけど、途中のサボタージュは許されるの？　税金ドロボー」

と、お銀ちゃんが強く言った。

まさしくその通りだ。

私は二の句を継げようがなく、黙って引き下がるより仕方が無かった。

株式会社籠谷へ行き、栗原さんに〝お銀ちゃん〞との一部始終を話した。

「そうか、勤務時間中なー、お銀ちゃんの指摘が尤もや」と、栗原さんが大きな声で笑った。


次の日の朝、学校へ行こうと思い県住の階段を下りた。嫌な予感がし、ポストを見た。

案の定、〝ごろつき新聞〞第二段。

私は思わず、その階段、全所帯の〝ごろつき新聞〞をポストから引き抜いた。

表題は、

「暴力教師が勤務時間中に現場を離れ、抗議にくる」

前回に輪をかけた内容の、追加記事、文体が更に過激になっていった。

私は、部屋へ入り、娘を連れて実家へ戻るようにと家内に言った。

噂はここに住む限り、この話は一生ついて回ると、私は思った。

学校へ行くと心配そうな顔をして栗原さんがやって来た。私は部室へ通した。

「相変わらず汚い部屋やのー」と、開口一番。

「ハイすみません。以後、気を付けます」と、答えた。しかし、栗原さんのこの言葉で私の思い詰めていた気持ちが、幾分か和んだのが、記憶に残っている。

するとと栗原さんは、

「その余裕やったらまだ大丈夫や！　今、会社で親父（籠谷先生）と話をしてきた。お銀ちゃんは、公務員嫌いやそうやが、何故か市教委の中園と仲が良いそうや。中園とは連絡を取ってある。明日、時間を作れ！」と、言った。

空手の練習があったが、それどころではないので私は承諾した。

⑹ 瓢　亭

翌日、栗原さんと姫路の〝瓢亭〟へ行った。ふぐ料理では〝姫路一〟の店だと車の中で教えてくれた。

奥の座敷に通されると、中園さんが先に来ていた。

横には派手な女性が座っている。

〝お銀ちゃん！〟……私は思わず息をのんだ。

和服姿の女性が部屋へ入って来た。

「いらっしゃいませ、女将です」と、名乗り「今日はどの様なお組み合わせですか？」と、愛想よく聞いた。

「野暮用ですわ？」と、栗原さんが答えた。

中園さんが、横で含み笑いをしていた。

今、思えばこの時すでに修学旅行の件の、話は付いていたのだろう。

「先生！　何を飲む？」と、栗原さんが私に訊いた。

「ビールをお願いします」と私が言うと、
中園さんが、「取りあえず皆、ビールにしよう」と言った。

「こいつが問題の岸本です」と、中園さんが私をお銀ちゃんに紹介した。

「どついたろか？」と思ったが「岸本です」と私は、神妙に挨拶をした。

「あら、思っていたイメージと違うわね。恵那です」と言い、その女性は悪びれもせずに、名刺を差し出した。

「何か展開が違う？」

ビールが運ばれてきた。栗原さんが真っ先にジョッキを取り、飲み干した後、「乾杯！」と言い、自分の空のジョッキを皆の目の前にあげた。中園さんもお銀ちゃんもそれに倣った。

私は飲まなかった。すると、お銀ちゃんは「もう記事にしないから飲みなさいよ」と茶化すように言った。

「お前は何様や！」私はむかっ腹が立った。

「岸本君が栗原の知りあいだと知らなかったのや！」と、中園さんがすまなさそうな顔をして、言った。私は二人の言っている言葉の意味が分からず黙っていた。

するど栗原さんは「実は、この二人は公務員改革をしようと頑張っているのや」と、補足した。

「オーバーなことは言わないで！」と、お銀ちゃんは言った。私は増々、意味が分からなくなった。

すると、中園さんが「岸本君は教職員組合をどう思う？」と、訊いた。

「ハイ、学校へ新任で入った時に辞めました」と、答えた。

「エッ！　非組合員なの？　何故、早く言わないの？……」急にお銀ちゃんは怪訝そうな顔をした。

「組合費が高いので止めました」と、私が答えると、三人は苦笑した。

「きっかけはどうあろうと、貴方、勇気あるわねー、高砂市の組織率は、ほぼ一〇〇パーセントよ！……そう、やめたの！」お銀ちゃんが感心したように言った。話の流れが全く変わった。

「こいつは、教師になった動機が少し違うのです。アフリカへ行き、柔道を教え、任期後は外人部隊に入って、除隊後、貿易商社を興して、金髪の嫁さんを貰うのが夢やったそうですよ、それを母親が心配して、親父（籠谷先生）と相談し、教師にしてしまったのです」と、栗原さんが、私が教師になった経緯を二人に話をした。

「そうそう、今は全国優勝をさせて、高砂を柔道王国にするのが目標らしいですよ」と、付け加えた。

「貴方、マザコン？……その上、女好き、どうしようもないわね。……アフリカ行きを再チャレンジしなさいよ。でも日本の教育界に、こんな教師も必要かな？」と、お銀ちゃんは言い、声を上げて笑った。

「やかましい！　ほっとけ！」私は心の中で叫んでいた。

「ほらほら、河豚や、食べろ」と、今度は中園さんが私の機嫌を取るかのように、取り皿に河豚を入れてくれた。

私は二十七歳、その時、変な場面で主役になっていた。

お銀ちゃんが、今度は世話女房のようにポン酢をつくってくれた。


「記事は悪かったわね。許して！」とお銀ちゃんが言った。

しかし、私は許せても家族の問題が残った。

すると、お銀ちゃんは、

「今後は地域の人達を味方にしなさいね。日本一になるには地域を巻き込まなければね。それと、身辺整理をきっちり、しときなさいよ！　これからは貴方の応援をさせて貰うわ」と、言った。

「身辺整理とは何ですか？」と、私は訊いた。

「貴方の教員生活での悪行を、全て洗い出して中園さんに報告しておくのよ」と、お銀ちゃんが言った。

「何かあった時、その問題は既に調査済みで、厳しく指導をしたと、中園さんに答弁してもらうのや」と、栗原さんが付け加えた。私の応援団がお座敷で出来上がった。

それから数日後、私は校長室へ呼び出された。

「岸本君、修学旅行の一週間ほど前、誰か生徒を叩いたのか？」と訊いた。

「ハイ、叩きました」と、私は答えた。

「そうか？」と、校長は言うと腕組みをしながら「他にないか？」と訊いた。

「ハイ、卒業生を三名懲らしめました」と、再度答えた。

するとと校長が、

「教育委員会の中園さんからの連絡で『過去の悪行を全部報告しとけ』と、言う事や。岸本君、悪いけど全部顛末書を書いてくれ」と、懇願するように言った。

私は返事をせずに立ち上がり、校長室を出て行こうとした。

「岸本君、顛末書頼むよ！」……部屋を出ていく私の背中に、校長はすまなさそうに言葉を投げつけた。

早、「陰の応援団が動き出した」と、私は思った。


この年の全国大会兵庫県予選では、決勝戦で川西中学校が明倫中学校に勝ち、全国大会へ出場した。この時、荒井中学校は兵庫県三位に入賞。

〝手の柔道〟……模索を始めて一年。だが、全国大会出場への〝きざはし〟が見え始めていた。

（７）大失敗

一九七六（昭和五十一）年四月一日、職員会議。

年間行事予定を見ていた私は、大変なミスを犯したことに気が付いた。

修学旅行と、全国大会兵庫県予選の日が重なってしまっていたのだ。

今更、どちらの行事も動かすことは出来ない。この際、〝ゴリ押し〟をしてやろうと思っていた。

「修学旅行に柔道部は参加させません！」私は立ち上がって大声で叫んだ。全職員の視線が集中した。

その時、分会長が手をあげた。

「やばい！」……。

司会が当てた。

「岸本さん……修学旅行の日程は二年前から決まっていたはずよ。知らなかったとは言わせないわよ。柔道の日程調整の会には、ちゃんと出席したの？……生徒にどう言い訳するおつもり？」と、あざ笑いながら、それも鬼の首を取った様に得意げに言った。

「皆さんはどう思われますか？」……分会長は職員室を見回しながら大声で言い、私への非難を煽り立てた。

私は何も言うことが出来なかった。

「この際、はっきりさせましょう」と、分会長が意気込んで言った。

すると、佐竹先生が立ち上がった。

「分会長のおっしゃる意味は分かりますが、生徒達は毎日、六時まで練習しているんですよ。分会長は五時過ぎに帰られますが、それから後の現場の事は知っておられるのですか？」と言った。

すると、

「八時間労働はしっかり守ってください。それが私達の権利です」と、分会長は言った。

「馬鹿を相手の時じゃない……」すると佐竹先生が歌い始めた。

「何ですか、その態度は！」……佐竹先生はその言葉を無視した。

一節を歌い終えた佐竹先生は、

「岸本先生練習中でしょう、生徒が怪我でもしたらどうするつもりですか？」と、私の背中を押すように言った。


生徒達への言い訳を考えながら道場へ行った。

生徒達の練習には熱が帯びていた。兵庫県代表の座は目前に迫っている。彼らは自分達が腕を上げている事を知っていた。

それだけに、言い出しにくかった。

だが、言わなければならない。

私は、意を決し、道場中央に部員達を呼び集めた。

「今年の全国予選は修学旅行と重なってしまったので参加できなくなった」

すると、長谷が「何故ですか？」と、うらめしそうに訊いた。

「やかましい！」私は怒鳴ってしまった。

長谷は文句を言いたそうだったが、それ以上は言わなかった。

加納が、残念そうにうつむいていた。彼は二年生の夏休みまでサッカー少年だった。それを、「全国優勝をさせる」と、言い、強引に柔道部へ引っ張り込んだのだ。

「今年こそ全国優勝」と、意気込んでいた私の夢が、萎んだ瞬間だった。


修学旅行……私にとっては全国優勝への思いの比ではなかった。

阿蘇の雄大な眺めもバスガイドが説明していたが私は上の空。だが、生徒達は心の切り替えが早かった。悪ガキ達は楽しそうに後部座席ではしゃいでいた。

「先生！　長谷君達を静かにさせてください」と、女子生徒達が大声で言った。

私は静かにしろとは言えなかった。

昼間の観光を終え、熊本の黒川温泉についた。

夕食を終え、しばらくして柔道部員に軽くランニングをさせた後、腕立て伏せや、腹筋をさせていた。

その時、

「荒井中学校の岸本先生、事務所までお越しください……」旅館のアナウンス。

私は事務所へ走り、電話口に出た。

佐竹先生からだ。

全国大会の予選には、二年生チームを出場させ、監督を佐竹先生に変わってもらっていた。

「どうでしたか？」私は本論から切り出した。

「ベスト8で二見中学校に、二対二で内容負けをしてしまいました」と、佐竹先生がすまなさそうに言った。

「ベスト8ですか、上等ですよ。ベスト8ですか、有難うございます」

私は柔道部の生徒達を呼び集めた。

「ベスト8で終ってしまった」と、私は皆に失望したような声で伝えた。

すると、

「僕らが出ていたら絶対、優勝間違いなしや！」と、長谷が意気込んで言った。私にはその声が、非難の言葉を含んでいるように思え、心に突きささった。

「そうや、お前らが出ていたら絶対優勝していたけどなー、すまん、来年こそ優勝や！」と、私が言うと、

「僕らは卒業です」と、長谷が再び怒るように言った。

「高校で頑張るしかないなー」……そうとしか私には言いようが無かった。

私には来年があるが、彼らには一生一度。汗と涙の結晶を奪い取ってしまった。

暫く話をして、皆をそれぞれの部屋へ戻らせた。

ところが、次の心配が出て来た。

長谷等、クラスの悪ガキ連中が、調子に乗り、深夜に自由行動をし始めないかとの心配だ。

私は見張りを兼ねて、外へ出た。

ナイハンチの型を繰り返した。

その時、ふと思った。

「来年の春にでも、松田先生に高砂へ来てもらおう！」私は〝琉球の手〟を播州地方の人々に、紹介しようと決心をした。

（８）岸和田市立春木中学校

九月、三年生は引退し、受験勉強に入った。

十月の初旬、一本の電話が入った。

私は柔道着のまま二階の事務室へ駆けあがり電話口に出た。

「岸和田の春木中学校の曽田と申します」としゃがれた声が聞こえてきた。曽田先生の噂は訊いていたが、面識は無かった。

いきなり、

「練習試合をお願い出来ますか？」と、挑戦状を叩きつけるように言った。

その後、

「おたくの二年生は、三年生の代わりに兵庫県大会へ出て、ベスト8に入ったそうですね、来年の兵庫県代表は荒井中学校だと、近畿一円で評判になっています」と、言った。

私に異論は無かった。

「是非、お手合わせをお願いします」と、私は答えた。

私にも春木中学校の情報はあった。正木嘉美と加藤哲夫は二年生ながら、今年の全国大会にも出場し、全国ベスト8へ入った牽引役になっていた。

「山陽電車の駅から歩いてどれぐらいかかるでしょう」と、曽田先生が訊いた。

「十五分ほどです。駅までお迎えに上がります」と、私は答えた。

荒井中学校の評判が県外に流れていることを、大阪の先生から直接聞き、私の闘争心が煽られた。

練習試合当日、柔道部員二名を、荒井駅前へ迎えに行かせた。

曽田先生は、三十名程の生徒を引き連れ、悠々と荒井中学校へ乗り込んで来た。私より年齢は十歳ほど上、白髪交じりの刈上げ頭には、風格があった。

もう一人、女性の引率教員がいた。

千先生。

現在の練習試合の引率を見ていると、親任せで車が殆どだが、二人はそうではなかった。それこそ、岸和田の悪ガキ軍団（失礼）を引き連れ、荒井の地を自分の足で確かめながら、全国優勝を目指し、おしよせてくるように思えた。

始まると、正木はとてつもなく強かった。大西、金山、脇谷、田中、原……レギュラー候補を全員対戦させたが、誰もが数秒で投げ飛ばされた。それに加藤、玉山、……、誰もが荒井中学校の生徒より実力があった。

だが、私には全国優勝への道筋が見えたような気がした。

その後、数度、荒井中学校も、春木中学校の胸を借りに岸和田まで出向いた。

播州地方の祭りと競う〝岸和田だんじり祭り〟……日本人の祭り好き！

岸和田から離れ各地に散った人々、昔の悪ガキ達も全国各地から戻って来ると、春木中学校へ集まり、曽田先生や千先生の所へ挨拶に行く。……お二人の先生の教師スタイルだろう。

私は、お二人の先生から学ぶものは多かった。

少し後、一九八三年六月、第一回籠谷杯柔道大会を高砂市柔道協会が開催した。

場所は神戸製鋼所体育館。

大会のデモンストレーションは正木選手の十人掛け。兵庫県下の高校生の強豪十名を、投げ捨てるのには十分もかからなかった。この年、大学三年生の正木選手は四月の全日本選手権で、三位に入賞していた。

正木選手はこの後、世界選手権、全日本選手権に優勝、現在は天理大学教授として後進の指導に当たっておられる事は、誰もが周知の事。

(9) 道場破り

自宅である県営住宅の庭での〝手〟の稽古は、止めた。

すでに県営住宅は私達家族の居場所ではなくなっていた。

母親が、地元塩市の公会堂を貸してもらえるよう、自治会長の高崎さんに話してくれた。

その道場開きの当日、五十名程の人が集まっていた。

私は模範演武に型を披露した。

〝クーサンク大(だい)〟という型で〝クーサンク小(しょう)〟の二つのバージョンがある。

それが終わった時、

「それは違う!」と、大きな声がした。入り口に二人の男が立っていた。

「何が違うのですか？」と、私は訊き返した。

するとと、

「やってみましょう！」と、一人が言った。道場破りだ。稽古着を持っていた。「ルールはどうしましょう？」と、私は儀礼上聞いたが、心の中では痛めつけてやろうと思った。

「好きな様に！」と、挑戦者は言うなり道場の隅へ行き、持参した稽古着に着替えた。

皆は、何事が起ったのだろうと呆気に取られていた。

胸に剛柔流と刺繍が入れてある。

その道場は姫路市内に本部がある、勇猛が評判の流派だ。

実は、この三年ほど前、私はこの本部道場へ稽古に行き、三人の門弟と立ち会った経緯があった。


挑戦者と私は相対した。

相手は両手を大きく広げ、四股立ち半身で構えた。まるで歌舞伎俳優だ。私にはその姿が滑稽に思えた。私は踏み込んで「二、三発叩き込んでやろうか？」と、思ったが、少し花を持たせて、投げ技で決めてやろう、と考えなおした。

私は左自然体で立ち、道場破りの胸元を見た。

相手も間を伺っていた。

もういいだろう。少しは花を持たせてやった。

……私は攻めた。

横蹴りを軽く出し、その足が床につくと同時に掌底で顔を突いた。

相手の顔に掌底が触れた。

翌日は、口が開かなくなっているだろう。

男は又、同じように構えた。

「体落として決めてやろう」今度は躊躇せず、私は上段の掌底突きから、背負い体落としに入った。まるで負荷が無い。〝作りと掛け〟が一つになっていた。

これこそ〝手の柔道〟の究極。

板場に叩きつけた。ドスンと大きな音がした。

「終わりましょう」と、言った。私は手加減をして、投げた後の極めをしなかった、が彼には私の温情が伝わらなかった。

「まだまだ!」と、答えた。


道場破りは、今度はスタンスを少し狭くした。鷹揚な構えが少し変わった。右手を顔の前に出し構え、前蹴りを出してきた。強烈な蹴り! 同時に突きを出してきた。私は腹を少しひねり防いだ。掌底で捌いた。

その後、私は左へ少し動き、大腿部へ向けて横蹴りを出した。〝さそい〟だ。案の定、右手下がる。私は足が地に着くか否や、踏み込み、左手掌底を道場破りの顔に当て、右手で引き手を取り、大外刈りを掛けた。後頭部を打ち、気絶をしたら気の毒だと思い、引手をすこし引き上げてやった。

今、思えば、当時流行りの劇画の世界だ。

⑽　第一回沖縄小林流妙武館空手道・琉球古武道　兵庫県本部演武大会

年が明け、一九七七（昭和五十二）年一月。那覇。

ベトナム戦争が終結してから約一年九か月が過ぎていた。街を行き交う米兵の数も減り、以前のような喧騒は消え、落ち着き始めていた。

私は辻の松田先生の下を訪れ、兵庫県へ来ていただく事をお願いした。

すると先生は、

「新城先生にも頼んでみようね！」と、三線（さんしん）を弾きながら答えた。新城平太郎先生が兵庫迄？

……そのとりなしだ。

その後、松田先生の車に乗せてもらい、読谷村の新城平太郎先生の所へ挨拶に伺った。

新城先生の家の座敷には、松田先生の二十代の頃の稽古着姿の写真が額に入れ、壁に飾られていた。

その時、この年の三月二十一日に、沖縄小林流〝手〟の達人達が兵庫県に集結することが決まった。

（この時はまだ妙武館と言う名は無かった）

とんぼ返りで高砂へ戻った私は、花光先生、籠谷先生の所へ挨拶に行き、沖縄から先生方に来てもらう為の準備を始めた。

昼間は全国中学校柔道大会優勝を目指し、夜は〝琉球の手〟の演武大会の準備。

こうして、〝手と柔道〟を融合させる作業は、順調に進んでいった。


一九七七（昭和五十二）年三月二十日、私は田水会長と共に伊丹空港へ、沖縄から来られた二十名の武士を迎えに行った。

播州の人達に、秘伝、〝琉球の手〟を披露しよう。

……新城平太郎先生、松田芳正先生、ゲートを出て来られる二十数名の武士。とうとう実現した。……私は胸が熱くなった。


私にはもう一つの大事な用が有った。

私は大森産婦人科へ駆けつけ、階段を上がろうとした。

その時、赤子のなく声！……長男大介が誕生した。

翌日、

一九七七（昭和五十二）年三月二十一日、高砂市文化会館。千二百名が収容できる高砂市、最大の劇場型会館。

十時開演。

九時になると入り口から早長蛇の列が出来上がっていた。

後から来る人波は途切れることはなかった。

十時になり、三線の音から始まった。素朴な音色。演者は松田先生のお父さん。片腕が無く、足で三線を弾いた。

「かぎやで風」……幕が開いた。舞い手は普久原さん。

この始まりを誰が予期していただろうか？

これこそ「文治国家」と呼ばれた琉球の究極の姿。

（琉球王国は、明治維新後、沖縄県と名が変わったが、太平洋戦争後、アメリカの統治時代には、再び琉球政府と言う名に戻っていた）

千五百名程集まった観衆は、見た事もない幕開けに驚き、〝手〟の世界へ引き込まれた。

〝動と静〟……三線に合わせて舞う、普久原さんの琉球舞踊。

艶やかに、つつましやかに、幕開けを飾った。

棒やサイ、ヌンチャク、トンファー等の古武術は、見る人々を圧倒した。

琉球がアメリカから日本に復帰して約三年と十か月。

私は市内の中学、高校生の柔道部員に案内をしていた。

〝琉球の手〟と柔道の融合……気が付き、閃く人が居ればそれでよし。そう思っていた。

私は〝五十四歩(ゴジュウシホ)〟の型を披露した。柔道の全国大会優勝を祈願しながら、皆の前で演武した。

「やってやる。全国優勝！」

松田芳正先生が〝封じ手〟を演武して下さった。


四月、長谷と加納は全国大会の予選に出場できなかった腹いせを、高校柔道にかけ、県立明石高等学校へ進学する。

指導者は井出仁、福岡県出身。私の一学年上の先輩だ。

フランスで二年間の柔道指導の経歴がある。

「ムッシュ・イデ、エスペルットウ、ムッシュ・ヒラノ」……彼らは、フランス国費で招かれ、フランス人柔道家達に、一大センセーションを巻き起こしていた。

その、井手先生指導の下に、長谷と加納は柔道人生を歩むことになった。


又、同じ四月、東洋大姫路高等学校を卒業した後藤研一は、大阪商業大学へ入学し、空手道部に入部した。

高砂市立荒井中学校は、中学柔道界でクローズアップされ始め、又、卒業生達も柔道、空手道でも、活躍のきざはしが見えていた。

第6章　長野県佐久

（1）県内の強敵

一九七七（昭和五十二）年四月中旬。

神戸丸山中学校の柔道部顧問、木村光男から、練習試合の申し込みがあった。

大学の二年下の後輩だ。

勿論、私は彼の申し出を受けた。


次の週の日曜日、木村は柔道部員を連れて荒井中学校へ来た。

私はいつも通り、制服姿で相手の選手の品定めを始める。

制服姿で生徒達の歩く姿を見れば、その学校のチームの〝要〟が分かった。

が、……この学校だけは区分が難しかった。

丸山中学校の部員達の殆どの生徒は、元気者……全員が一騎当千の悪ガキのような気がした。

当時、丸山中学校は教育困難校として全国に名を馳せていた。

木村は、そのやんちゃな生徒達を、上手く手中に収めているのには感服させられた。

その中で有井克己と言う、長身の生徒が目立った。

練習試合が始まると、丸山中学校の生徒達は悪ガキの本領を見せ始める。

荒井中学校は気魄で押され気味。

丸山中学校は所謂、喧嘩柔道と言うやつだ。

技量では荒井中学校が少し勝っているような気もしたが、彼らの、勝負に掛ける執念で負けていた。

何度か試合を繰り返した。

ところが、慣れと言うのは不思議なもので、何度か試合を繰り返すうちに、荒井中学校の生徒達が丸山中学校の生徒達に同化し始めた。これが対人競技の持つ特性だと私は考える。

試合が終わり、昼飯を食べ終わる頃には、すっかりと打ち解けていた。

「仲よくするな！」木村先生はそう思っていたに違いない。


次の週の日曜日、今度は荒井中学校が丸山中学校へ出向いた。

丸山中学校の部員達が、門前に立ち、迎えてくれた。

両校の生徒達は、先週とはまるで違うコミュニケーションの取り方をするようになっていた。

精神的には五分五分になった。これで私は勝てると思った。


有井克己は、この後、御影工業高校へ進学し、藤木崇宏先生の指導を受け、先生の母校、天理大学へと進学し、大学卒業後は、神戸の育英高等学校で教鞭をとる。

この時の、天理大学の同期生には、春木中学校の正木嘉美、加藤哲男、荒井中学校の脇谷政孝がいる。彼ら四人は大学卒業後、教職の道を選んだ。だが、私にとっては残念なことだったが、脇谷は途中、家庭の事情で教職を去り、家業の電気会社を引き継いだ。

言うまでもないが、有井克己、正木嘉美ラインは、全日本選手権三連覇、二〇〇〇年シドニーオリンピック無差別級の銀メダリスト、篠原信一を育てた。

余談、このシドニーオリンピックの決勝戦は全世界へテレビ放映され、物議を醸しだした。

私もテレビの画面に釘付けになっていた。

篠原信一VSドゥイエ（フランス）の決勝戦、中盤、ドゥイエが内股を仕掛ける。この時、ドゥイエは篠原の術中にはまっていた。

〝内また透かし〟

篠原の右の引手、同時に左手による首筋への一本拳を使った崩し、足の捌き、……どれも寸分の狂いは無い。……見事な〝手(ティー)の柔道〟。

「一本！」……私は画面の前で思わず右手を上げていた。

ところが、審判は反対にドゥイエに有効を与えてしまった。

悲しいかな、審判には、篠原の襟を握った左手指先一寸の崩しと、腰の捌きが見えていなかった。

練習試合が終わり、木村との雑談の中で春木中学校の事が話題に上がった。

「曽田先生は社会科の先生ですよ、先輩は柔道の専門家でしょう」

「お前は、国語やったな」と、私は木村光男に言った。

私は柔道の専門家、……木村光男の言葉が、私の意地を掻き立てていた。

兵庫県を代表して荒井中学校が、近畿大会と全国大会に出場するためには先ず、丸山中学校を倒さなければならない。

それだけではない。兵庫県内には小野、龍野西、二見、玉津、白陵、一宮南、甲南、報徳、川西中学校……数多くの強豪校がひしめいていた。

〝人を見て法を解け〟……松田先生の教え。

私は、それぞれの部員に応じた〝手の柔道〟を、組み立てていった。

「頂上へ登るぞ！」私は、心の中で叫んでいた。

⑵　勝利至上主義

五月頃、二年生の中谷靖がレギュラー争いに入り込んで来るようになった。

荒井中学校には盤石の布陣が出来上がっていく。

そんな時、中園さんから、

「一度、食事でもどうですか？　お銀ちゃんが、先生に話しておきたいことがあるそうです！」

と、電話が掛かって来た。

「話しておきたいことが有る？」私はその言葉が気になり、練習が有ったがお銀ちゃんの申し出を無下に断る事が出来なかった。


加古川駅前の焼鳥屋「千里十里」で待ち合わせた。

二人は既に来ていた。

「遅れました！　申し訳ないです」と、私は断りを入れた。

「よく頑張っているわね」と、お銀ちゃんは言った。

「先生、乾杯の酒は店からの前祝や！」と、禿げ頭にタオルを巻いた、店の親父が笑いながら言った。私はビールを注文した。

三人の前にビールが置かれた。

すると、真っ先にお銀ちゃんがビールを取り、高々と上にあげ、

「出来の悪い岸本君に、カンパーイ」と、高らかに、宣言した。

すると、中園さんは、「恵那さん、それはないやろ」と、笑いながら否定をし、「カンパーイ」と言いながらグラスを掲げた。

私はムカッとしたので何も言わずに、グラスを取った。

すると、

「今日はヒヨドリの良いのがありますよ」と、店の親父は私の機嫌を取るように言ったので、この際、お銀ちゃんに反撃をしておこうと思い、

「親父さん〝ごろつき新聞〟に書かれますよ」と、私は言いながら、お銀ちゃんを指さした。

私は、ヒヨドリは鳥獣保護法で管理されていると思っていた。

ところが、

「それは大丈夫です。許可を持つ業者から仕入れていますから安心してください。今日のヒヨドリは、たれ焼きにすると上手いですよ」と、親父は言った。

「貴方、随分と減らず口を叩くわね。二度と〝ごろつき新聞〟などと言いなさんな。承知しないわよ！……それよりも、自分の頭の上のハエを追い払う事を考えたら」と、お銀ちゃんが怒ったような顔で言い、暫く黙っていた。何か思案しているようだった。

そして、

「貴方、勝利至上主義と言う言葉を知っている？」

「それ何なのですか？」

「水を差すようで悪いけど、部活馬鹿ともいうわよ。……今、新聞やテレビで騒がれているでしょう。それが高砂市でも問題になり始めたの。……ターゲットは貴方よ！」

「私が？……何のターゲットに？」

「組合の一部の先生方よ！……議員さん達を巻き込んで、何か企んでいるようよ」

私には思い当たる節があった。先生方の殆どの車が、五時半頃には道場横の駐車場から消えていた。ところが部活指導の先生達の車は残っている。特に屋内競技は、灯りがあるので夜遅くまで練習することが多かった。

職員会議で下校時間が決められてはいたが、部活の若い教師達はそれを無視した。

「どうしたらいいんですか？」

「それを考えるんじゃない」

「ところで柔道部は毎日、何時までやっているの？」

「六時迄です」

「六時迄？」

「何か？……」

「それ位の練習時間なの？　嘘を言いなさんな、皆が荒井中学校柔道部は八時、九時まで練習させているのよ！」

「やっていません！　出来ません！……私は六時半から家で空手の練習があります」

「あら、そうね！　他の部活は？」

「帰った後のことは分かりません」

「あら、そりゃーそうだわね、自分達が帰った後の事迄、分からないわね。組合の連中もいいかげんなものね。面白いことを聞かせて貰ったわ」

お銀ちゃんは、その頃は、強烈な部活動擁護派に変わっていた。

「ところで、空手道場の指導者は誰？」

「何か問題がありますか？」

「地方公務員法よ！　兼業の禁止！　分かっているの！　この馬鹿！」

お銀ちゃんは私の口の利き方が気に入らなかったようだ。

「馬鹿？　どうせ私は馬鹿ですよ、変態！」

「変態？　もう一遍言ってみなさいよ！」……私と、お銀ちゃんとの会話の論点がそれ、エスカレートした。中園さんは私達の話を聞きながら、議員達への答弁を考えていた。

すると、

「二人とも、カルシウム不足や、頭ごとかぶりついてみ」と、マスターはこんがりと焼きあがった、頭がついたままのヒヨドリを皿に乗せ、我々の前に差し出した。

私はヒヨドリを手で鷲づかみにして、頭からかぶりついた。頭蓋骨を噛み潰すと脳みそらしき味がした。

「あんた野蛮ね！」そう言うと、お銀ちゃんは上品ぶって、箸で摘もうとした。ところが自分のスカートの上に落としてしまった。

「あら、この鳥生きているわ！」と、お銀ちゃんは照れ隠しに言った。

「ざまあみろ」と、思わず言いそうになったがそれは控えた。

その後、

「空手道場の代表者は誰なの？」と、お銀ちゃんが訊いた。

「播磨臨床検査センターの田水先生が、会長をして下さっています」と、私は答えた。

その頃の、若かりし日の田水会長の写真は今でも道場に飾ってある。


七月に入り、予選が始まった。

この頃になると、荒井中学校は増々進化をし始め、私の予想通り強豪校を退け、地区、県大会に優勝し、近畿大会、全国大会への出場権が与えられた。

そして八月。近畿大会。

決勝戦まで勝ち上がり、春木中学校と対戦することに成った。

私は監督席に陣取った。

反対側の監督席では、曽田、千（ち）、両先生が厳しい顔をして座っていた。

私は両先生の顔を見た。

「練習試合で胸を借りた借りを返そう！」と、私は、必勝を期した。


結果を書いておこう。

残念ながら荒井中学校は春木中学校の正木を止めることが出来ず、準優勝で終ってしまった。

それでも、荒井の町の人々は喜んだ。

近畿大会準優勝の看板を背にして、いよいよ全国大会へ臨むことになった。

八月十四日、試合会場は長野県佐久市。

荒井の町中が沸きたち、脇谷さん、吉政さんが中心になり応援団を仕立て上げた。

（3）部活動後援会

少し話を戻してみる。

近畿大会、全国大会の参加旅費は、選手は出るが、それ以外は出せないと言う事だった。

私は校長を通じて全員の旅費を出すように申し入れをした。特別予算を組むとの話も有ったそうだが、勝利至上主義と言う言葉と、一部の議員の反対で、それは実現せずに終わってしまった。

私は脇谷、吉政、川崎さんの三人に相談をした。

すると、

「儂が出す」と、脇谷さんが言った。

「それはあきませんよ。一回切りならいいかも知れませんが、何年も続いたらどうしますねん。なあ岸本先生？……」と、吉政さんと川崎さんが私に謎かけのように言った。

私は、

「全国大会出場は転勤するまで続きます」と、答えた。

すると、脇谷さんが「それもそうやな、何年も続いたら儂も破産してしまうわ！」と、笑いながら言った。

先例がない全国大会出場は、高砂市全体を振り回していた。

三人は話し合った末、荒井の町を活性化するために、荒井中学校部活動後援会を組織し、「全部活動を応援しよう」という話がまとまった。

今でこそ〝地域社会との連携〟が叫ばれているが、その頃の日本には、学校運営に対する寄付行為には、好ましくないとの、社会的風潮があった。

そこへ、脇谷、吉政、川崎さんの三人が風穴を開けた。

一九七七（昭和五十二）年の話になる。

「義務教育は無償。地域から金を集めるのは可笑しい」日本国憲法を反対の根底に置き、数名の市議会議員達は一部の教職員と結託し、私をやり玉にあげていた。

しかし、いくつもの部活動が頭角を現し始めると、それはやがて沈静化していった。

そして、数年後、部活動後援会活動は、高砂市内、六中学校全部に組織され、同時に、多くの部活動が全国大会へ出場し、活躍を始めるようになった。

（4）いじめ

その年の七月頃、栗原さんから一本の電話、

「お銀ちゃんが、相談があるそうだ」と言った。

悪い予感。

「恐ろしい女が、私に何を相談？……」、腑に落ちなかった。

「中園にも来てもらうわ」と、栗原さんが言った。

そして、私達四人は「瓢亭」で待ち合わせをする事になった。


瓢亭へ行くと、お銀ちゃんは、神妙な顔をして座っていた。

中園さんが、座を和らげるために、私の話題を出した。


「例の、声の高い議員が、柔道部の寄付云々で、騒いどった。それは別として、教育の問題になると、最後に矛先が向くのは岸本君や、それでも岸本君が顛末書を書いてくれるから助かるわ。『厳重に指導をしています』と言えるからな。それにしても、岸本くんは文章が上手くなったたな。顛末書で文章が上手くなったと言うのは、日本国中で、岸本君位のもんや！」と、中園さんが私を茶化した。

「ええ加減にしてくださいよ！」と、私は言った。しかし、まんざらでもなかった。

その経験が、今に生きているのか、小中高と通信簿の国語は３、私が、小説家を目指しているのは、不思議なことだ。

お銀ちゃんが話し始めた。

「小五になる息子が、学校へ行きたくないと言うのです」と、困ったような、情けなそうな顔で言った。

「理由はなんですか?」と、私は訊いた。

「本人に聞いても言わないので、近所の子供に聞くと、便所に閉じ込められたり、靴を隠されたりして、クラスの男子生徒、殆どから仲間外れにされているそうです」と、悔しそうに言った。

「本人はお母さんの目から見てどんな子供ですか?」と、私は訊いた。

「普通の子供だと思います」その時、お銀ちゃんは役所で厳めしく陣取る姿は消え、普通の母親の姿に戻っていた。

「学校へは相談しましたか?」

「担任に電話をしましたが埒が明きません」

「仲間外れか、今、そういう話が増えて来たなー……」と、中園さんが深刻そうな顔をして言った。

「岸本が担任ならどうする?」と、栗原さんが訊いた。

「本人を中学校の道場に連れて来てください。一度、本人と話をさせてください」と、私は答えた。

「行くかなー？」と言い、お銀ちゃんは心配そうな顔をした。

「連れてきてください」と、私は強く言った。

その時、私は秘策を思いついていた。

(5) 儀式とレッスン

翌日夕方、お銀ちゃんが息子を連れて中学校の柔道場へやって来た。

マネージャーが入り口まで出迎え、二人を国旗が貼ってある壁面の前へ導いた。

「集合！」私は部員達を呼び集めた。

私はいつもより、尊大に振舞った。

部員達は走って私の所へ集まって来た。

母親と私が息子を真ん中に立たせ、挟むように立った。

正対して座る部員達四十名の強い視線を浴び、お銀ちゃんも緊張していた。

「座れ！」私が命令口調で言うと、部員全員が正座をし、私の方を注視した。

「お前の座り方は何や？……やり直し！」と、私は部員の一人に難癖をつけた。その生徒はやり直しをした。

「そうだ！　それでいい。立ち方と座り方をいつも意識し、身に着けろ！　皆でもう一度やってみよう。お母さんと息子さんもご一緒に」と、言い、私は全員を立たせた。

「先ず、左足から、その後、右足」と、私は指図しながら見本を見せた。お銀ちゃん、いや、恵那さんと息子さんもそれに合わせて座った。

柔道の礼法は、室町時代から伝わる、小笠原礼道からの影響が強い。


いじめ除去の儀式の始まり。……導入は既に始まっていた。


「自己紹介をしなさい」私はゼロからの質問をした。

私自身は母親から勇人に対する情報を得ていた。

小学五年生、母子家庭、社会科が好き、引っ込み思案の為、友人がいない。

「……」言えなかった。

「名前を言いなさい」……母親はやきもきして口を挟もうとした。私は勇人の後ろから手を回し、軽く母親のブラウスの袖を引いた。

勇人は上体を斜めに倒し、何とか意思表示をしようとしていた。勇人にすれば見知らぬ中学生達、彼にすれば柔道着姿のいかつい集団だ。十秒ほどだが、勇人は永遠の時間のように感じていたに違いない。

しかし、予測していた展開。

脇谷が立ち上がった。

「私は脇谷政孝です。心配しなくてもいいのですよ。名前を教えてください」と、言った。

ゆっくりした口調は、勇人に何らかの勇気を与えたようだ。

「え、恵那勇人です。小学……ご、五年生です」と、精一杯、答えた。

その瞬間、柔道部員達全員に安堵感のようなものが流れでた。

弱者に対するいたわりの表情が全員に現れていた。私は嬉しかった。

「恵那君は、今日は柔道部の見学だ。皆、よろしく頼む」と、私が言った。

「宜しくお願いします」柔道部員全員が一斉に、勇人に大きな声で答えた。

その後、私は勇人を部員達の中に混ざらせ、座らせた。


「いよいよ全国大会だ。最初の予選リーグは岩手県の侍浜中学校、と千葉県の館山第二中学校だ。この二つの中学校について何でもいいから情報があれば手をあげて言ってみろ」と、私は言った。勇人が、社会科を好きだと言う事で、何かを答えさせてやろうと思っていた。

幸い誰も手をあげなかった。ここで勇人の出番が来るわけだ。

「恵那、何か知っているか？　答えてみろ」と、私は勇人を指名した。部員達の視線が勇人に集中した。すると、勇人が頼りなげに立ち上がった。

「何でも良いから答えろ」……柔道部員、全員の思いが一致した。

勇人は、部員達の思いにこたえた。

「リアス式海岸で有名です。一九六〇年のチリ地震の時には百三十九名の死者、行方不明者が出ました」と、答えた。

全員が、勇人の自信を持った喋り口調に驚いた。

「そうだ、リアス式海岸が有名だな。他に千葉県について何か知らないか？」と勇人に訊き直した。

すると、一人が「先生、中山由樹先輩が四月に野田へ転校しました」と、答えた。

こうしているうちに、恵那勇人は次第に荒井中学校柔道部に溶け込んでいった。

時間が過ぎたので、部員達をかえらせ、私は勇人を教官室へ呼んだ。

お銀ちゃんは、私との打ち合わせ通り、校庭を見てくると言い、道場を出て行った。

いじめ除去の儀式の第二段階、
私は、少し荒っぽい方法を思いついていた。


「勇人、お前をいじめている中心人物は誰だ」と訊いた。……勇人はうつ向いたまま。

「心配するな、俺達がバックになってやる」私は、学園ドラマで使われるような言葉で問いかけ直した。

勇人は下を向き、手を握りしめ、小刻みに体を動かし始めた。

「勇気を出せ！　必殺技を教えてやる」と、私は言った。だが勇人は口を噤んだまま。

「勇気を出せ！　勇気を出すのだ」と、何度か繰り返すうちに、私は自分の声が高くなっているのに気が付いた。

……勇人の反応が少しずつ変化した。

「小南君です」とうとう、喉から振り絞るような声で言った。

「よし、分かった。小南だな！　体は大きいか?」

「大きいです」

「周りには何人いる」

「二、三人です」

「手を出したりするのか?」

「ハイ」

「どんなことをする」

「後ろから突いたり、足を止めたりします」と勇人は悔しそうに言い、下を向いて、涙を流した。

私は周りの連中は「今は付和雷同組、だがやがて全員が共犯者になる」と理解した。

もう一度聞いた。……「一番のボスは誰だ」

「小南君です」……勇人の声が少し小さくなった。

「君はいらん、呼び捨てで言え！」と、私は勇人の闘争心をあおった。

すると、

「小南です」と、呼び捨てにした。

ここまでくればしめたもの。

次の指導は技。

「勇人、両手を広げて前へ出せ！」勇人は私の前に両手を広げて差し出した。

「勇人は右利きか？　左利きか？」

「右利きです！」……私は勇人の広げた右手のひらに、指先で円を描くようになぞった。

「ここを掌底と言う。これが勇人の武器だ」と、私は教えた。

そして、自分の正拳を前へ出し、左手の掌底で二、三度叩いて見せ、

「先生の手を小南の顔と思って叩いてみろ」と、勇人に言い正拳を向けた。すると、勇人は撫ぜる様に叩いた。

「駄目だ！　もっと強く！　真っすぐ出せ！」……勇人は何度か繰り返すうちに、真っすぐに掌底が出せるようになった。

今度は勇人にチョークを渡し、黒板に小南の顔を描かした。

割合上手にチョークで似顔絵を描いた。

「うまいなー」私は勇人の意識をそらし、ゆとりを持たせた。

「『エイ！』と、気合を掛けて掌底で鼻を突いてみろ！」私は、勇人が黒板に描いた絵を指さして言った。

「エイ！」勇人は掌底で突いた。

「声が小さい！」……初めは小さかった声が、繰り返すうちに大きくなってきた。

「鼻を狙え！」……何度も繰り返し黒板を叩かせた。

「いいか、今度小南から嫌がらせをされたら、他の者は放っておけ、小南だけが敵だ。叩くときには気合を掛けろ」と、私は教えた。

「エイ！」勇人は裂帛の気合と共に、黒板を掌底で突けるようになった。

「ドン」……破壊力のある強力な武器がこうして出来上がった。

するると、

「急に不安が生じてきた」小南君の鼻血で床が血の海にならないか？……

そこへ、母親が戻って来た。

「一週間の間に小学校から呼び出しがあるかもしれませんがよろしくお願いします」と、私は言った。

「勇人、やって見ろ！」私は黒板を指さして言った。母親に確認させようと思った。ところが勇人はしなかった。

「その時が来るまで取っときます」と、彼は急に大人びた口調になった。

良きにつけ悪しきにつけ、少しのアドバイスが極端な影響を与える時がある。少年期とは、そういうもの。

どうか、若気の至りとお許しのほどを！

一週間程後、
恵那さんが菓子折りを持って学校へ現れた。

私は教官室へ招いた。

「貴方、何を教えたの？……校長と担任からからこっぴどく注意を受けたわ」と、怒りの表情を見せた。その後、笑顔に変わった。

「どうだったのですか？　教えてください」私は結果を訊いた。

「教室で小南君達から因縁を付けられたらしいの、すると勇人が『エイ！』と言って顔を叩いたらしいわ。小南君は鼻血を出して泣きだしたそうよ。事情を訊いた担任が駆け付けると、周りの女の子達が『勇人は悪くない』とかばってくれたそうよ」……お銀ちゃんの顔には安堵感が溢れていた。


この事件の事後処理は、恵那さん、いやお銀ちゃんの独断場。

教育委員会と学校現場を相手に大暴れをしたそうだ。

勿論、いじめを根絶するために！……


私事。

その頃、お銀ちゃんの発行した〝ごろつき新聞〟は、私の家庭に大きな打撃を与え続けていた。

地域社会からの孤立。

妻が、〝ごろつき新聞〟から受けた衝撃からの気疲れは日増しに増幅し、外出が出来なくなり、買い物にも行けなくなっていた。

又、保育園へ通っていた長女にも心理的変化が現れはじめ、誰とも打ち解けなくなっていた。

私は妻と相談し、転居することを決心した。

しかし、私は逃げ出すのは嫌だった。

前向きに考えようと思った。

そして、
家に帰れば直ぐに〝手〟の稽古の出来る家、……道場付きの住居を建てる事にした。

私は高砂道場の先輩の一級建築設計士、鎌田さんに相談をした。

ところが私の希望通りでは、土地と家屋を合わせると安くても五千万円以上かかると言う事だ。

教師の安月給では、とても調達できるような金額ではない。

母親に相談した。

所が母親は口ごもった。私にはまだ自立していない弟一人と妹がいた。

教師になった原因の大元は母親だ。

「責任を取って貰う」と、私は母親に詰め寄った。

だが、口論にはならなかった。

弟の美夫と雅之、妹の早苗が協力すると言った。

（６）全国大会初出場

予選リーグ対戦校二校の情報収集。

私は岩手県で高校教師をしている大学の先輩に電話を掛けた。

すると、

「お前は何も知らんな、侍浜中学校のある久慈は、講道館十段、柔道の神様、三船久蔵先生の故郷だぞ、日本でも有名な少年柔道の盛んな土地柄だ」と、教えてくれた。

「三船十段は岩手県出身でしたか、知りませんでした」と、私は答えた。

「岸本、岩手をなめるなよ！　辛抱強い県民気質は、粘り強い柔道をするからな」と、捨て台詞を吐いた。私は電話口で先輩の髭面が笑っているように思えた。

館山第二中学校の情報収集は、四月に千葉県野田市へ転校した中山由樹がしてくれた。

電話に出た母親が、

「県優勝、おめでとうございます」と、開口一番祝福してくれた。荒井の情報がすでに千葉まで伝わっていた。

母親が息子の由樹と変わってくれた。

「館山第二中学校を偵察して来てくれないか、情報が欲しいんだ」

すると、

「任せてください、直ぐ調べてきます」と、由樹は心よくひき受けてくれた。

数日して返事が戻って来た。

「先生、館山二は中々の名門校の様ですよ。過去に、二回全国大会に出場しています。全員白帯ですが惑わされないように、長身の代田君がポイントゲッターだそうです。皆、地力のある選手です」と、教えてくれた。

電車で行ったのか？　母親の車で行ったのか？は、分からない。私は情報収集に出向いてくれた中山のことが嬉しかった。

後日、私は野田と館山は距離にして百キロ程ある事を知る。

全国大会、初陣の準備は整った。私の胸は躍っていた。

長野県佐久高等学校体育館、プラカードを先頭に、全国四十八都道府県、代表校の入場行進が始まった。

試合は三校リーグで行われ、リーグ一位が決勝トーナメントに進む方式になっている。これは現在でも変わっていないようだ。

試合結果から先に書こう。侍浜中学校には四対〇で勝ったが、館山第二中学校に、二対一で負けてしまった。

負け惜しみを言う訳ではないが、館山第二中学校の試合では中堅の中谷の試合に明らかに審判ミスがあった。結局二対一で荒井中学校は負けてしまった。

審判ミスが呆気ない幕切れを作った。

因みに、館山第二中学校は準決勝まで勝ち上がり、福岡代表の洞北中学校に二対一で敗れ、第三位に入賞した。

決勝戦は福岡県代表の洞北中学校と、熊本県代表の九州学院。

この決勝戦は実に、代表戦六回にも及んだ。

次年度の全国大会の、開催場所は修学旅行の因縁がある講道館。

「見ていろ！」私は優勝を誓った。

ネクタリン、これは長野県産のくだもの、高砂へのお土産にしっかりと買い込み、応援バスに乗せてもらった。

第7章　波紋

(1) 水浴び

初出場の第八回全国中学校柔道大会は予選リーグで敗退した。

しかし〝手の柔道〟は間違いなく、生徒達を中学柔道のトップクラスの選手に育て上げていた。

組み勝ち、……これまでの柔道では好ましくないと言われた技法を前面に打ち出した〝手の柔道〟。

勿論、甲冑を付けた戦国時代の戦いの術とは少し違う。

文治国家、琉球で生まれた手の理合だ。

荒井中学校生徒の目標である全国優勝への柔道修行の年月は二年と四か月しかなかった。

私には「後、二か月あれば！」と、思う気持ちが強く残った。

だが、今年の暑い夏は既に終わっていた。


引退式。

彼ら三年生部員の次なる挑戦は進路。

「寝なくても頑張れる！……お前達には〝手の柔道〟で培った、セルフコントロール能力と言う、大きな武器がある」私は部員達に言った。

それとは逆に、一、二年生部員には、残り少ない夏休みをのんびりと過ごすよう、指示をした。その後、「宿題はきっちりやっとけよ」と、小さな声で言った。


全国大会が終わり、私は〝手の柔道〟の修練の為、沖縄へ渡る。

その年、道場は那覇市辻、現在の本部道場に移転していた。

宜野湾嘉数の道場の周りには、沖縄戦の不発弾が大量に埋もれているのが分かり、せっかく設えた道場が使えなくなっていた。

沖縄戦の傷跡は、三十年以上たっても沖縄に住む人々に暗雲のようにのしかかっていた。


〝波の上〟の丘に立ち、私は型を何度も繰り返した。

〝手の柔道〟を試みてから三年目。素人集団、荒井中学校柔道部は全国大会の頂上が狙える程のチームに成長していた。

型の中に〝手の柔道〟がある。

この年、松田先生から〝チントー〟を教えて頂いた。何度も繰り返した。

最後に内地の方に向かい気合を掛けた。

「イエーイ」……すると、いつものように劇画の主人公のような気分になれた。


夏休みが終わり、二学期が始まった。

朝練習の後、私はいつも通り、校庭にある水飲み場の水道で水浴びをしていた。

新チームは意気盛ん。

その時、部員の一人が私を真似て水浴びをし始めた。

これを見て私は閃いた。

「今から始めれば冬の寒さに順応できる」……私は部員達の「心・技・体」の充実を、水浴びにも、求めることにした。

生徒達を集め、

「一緒に水浴びをしたい者は、明日から水着を持ってこい」と冗談めかして言った。命令をすれば、直ぐに教育委員会へ一報が届く。又、校長の寿命を縮めてしまうような口撃が始まる事は間違いない。それでは校長が余りにも気の毒だ。

その後「水浴びをしたい者だけでいい!」と、強調した。


翌朝、朝練が終わり、私は何時ものように水浴びをしていた。

すると、

「私達もやります」と言い、三人の生徒が水着姿で出て来た。荒井圭介、森本実、中谷靖、三人の生徒は私と、一緒になり、水浴びを始めた。

ところが次の日、十人程が加わった。さらに一週間ほど過ぎると全員が水浴びに加わっていた。

私は生徒達に、全国優勝への意識の高まりを感じた。

そんな時、

「貴方、何を始めたの？　教育委員会が大騒動よ！」と、お銀ちゃんからの電話。

お銀ちゃんは、私のご意見番、兼、諜報員！になり、市議会や教育委員会に、張り巡らせた大きな情報網を、私の為にも働かせてくれていた。

「またですか、ほっといてください」

「ちゃんと説明しなくちゃ駄目よ」

「誰が言っているのか分かりませんが、アッカンベーです」

「何よ、それ！　人が親切に言っているのに、水浴びをいつまで続けるつもりよ？」

「生徒が止めても続きます」と言い、私は電話を切った。

お銀ちゃんが世間に対して、私の為の言い訳を、どのようにしているのか、少し気になった。

しかし、「私に触れる者は、お銀ちゃんに切られても知らんぞー」

お銀ちゃんは、私のよき理解者になっていた。

寒くなり始めた頃、

「水浴びを止めさせなさい。教育委員会へ続々と、非難の電話が掛かっています」と、校長が泣くように言った。

「オーバーなことを言わないでください」と、私は校長に言った。

アンチ岸本の取るいつものパターン。お銀ちゃんが言ったように、〝水浴び問題〟は大きな波紋を広げていた。

真冬の凍えるような日、
水浴びが終わった後、部員達を集めて言った。

「教育委員会から、水浴びについてクレームが付いた。止めたいものは止めたらいい」

その時部員達の体熱は水蒸気を立ち上げ、身体から白いモクモクとした湯気を立ち上げていた。

何日かが過ぎた頃、教育委員会が調査にやって来た。

私はそれを意識して、バケツに水をため、生徒達に浴びせかけた。

生徒達は「キャッ、キャッ」と叫び声をあげ、走り回る。

身体から湯気を立てながら水浴びをする姿を、教育委員会は驚きの目で見ていた。

「教育長、タオルありますよ」私は水浴びに誘った。

「今日は身体の調子が悪いのでやめときます」と、教育長は私の減らず口に答えた。と、思うが、この記憶は確かでない。

結局、水浴び調査は場所の確認だけで終わった。

やがて年が明け、三学期。

一月が終わり、二月になった。木枯らしの季節。それでも柔道部の水浴びは続いた。

そうしているうちに、批判の声はどこへともなく消えていった。


そんな時、お銀ちゃんから電話が掛かって来た。

「今度は何事?」かと、思った。

ところが違った。

「『荒井中学校の柔道部員は求道僧のようだな』と、市議会議員達が笑いながら話していた」

と、お銀ちゃんが教えてくれた。その後、

「一言だけ教えておくわ、水道を使うのは良いけど、蛇口をきっちり締めさせなさいよ。校長がいつも蛇口を閉めに回っているらしいわよ！」受話器から聞こえるその声は、笑っていた。

⑵ 貧　困

少し、話を戻そう。

正月が終わり、三学期が始まった日。

柔道部の初水浴びが無事に終わり、生徒達は教室へ戻って行った。

最初のホームルーム。

学級役員はまだ決まっていない。

私はクラス担任をしている二年三組の教室へ入っていった。

生徒達の殆どが、久しぶりに顔を合わせる級友達との会話に夢中になり、私が教室へ入った事に気付いていなかった。

「起立！」……大きな声で私が号令をかけた。皆、私に気付き、机の右横に一斉に立ち上がった。背面黒板の前で騒いでいた連中も、走って自分の席へ戻った。

喧騒が収まった。

「礼！」……「おはようございます」……「着席！」

クラスが静まりかえった。私が何を話し出すだろうと一斉に、視線を投げかけた。

実は、その日、何を話すかを考えていなかった。

教室で思案した。

結局、教室へ入った時、耳に入ってきた「お年玉」をホームルームで取り上げる事にした。

「お前、お年玉を幾らもらったか？」と、一人に訊いた。その生徒は二万円と、答えた。

「えー」教室中がどよめいた。その後、男女それぞれに訊いた。二人とも五千円と答えた。

最後に、一人の男子生徒に訊いた。

「いくら貰った？」

しかし、その生徒はうつ向いたまま。

「しまった！」……その時、私は気付いた。

Yは母子家庭。

親子三人暮らし、妹がいる。

「母親を、別れた父親の暴力から守るため」と、言うのが柔道部への入部動機。

私は、後の言葉を続けることが出来なかった。

「何とかしろ！　担任」……教室中に、重苦しい雰囲気が漂った。

「何とかしなければ！」……その場しのぎの言葉では余計に傷つけてしまう。

私は焦った。


打開策、私は、咄嗟に叫んでいた。

「皆、無駄使いをするな！　今から席替えをする！」と、叫ぶように言い、その後、

「起立！……」私は大号令をかけた。

「又、始まった！　校長先生から怒られるわよ！」と、口が減らない女子生徒が笑いながら言った。

教室の雰囲気が変わった。

「足が痛いから、校門からはこらえてくださいよー」と、申し出る男子生徒。

「よし、ハンディー一〇メートル」

生徒達は「Yへの私の失言」をカバーしようと、それぞれなりの言動で私をフォローアップした。思いやりがある奴らだ。

Yも立ち上がり、下足に履き替え、校門まで行った。

「名物、座席取り合戦」……始まりー。


生徒達が校門前に並んだ。

ゴールは教室。距離は約一五〇メートル。

「よーい、ドーン」……私はスターター。皆一斉に走りだす。

「ドドドドドド・ダダダダダダ」……凄まじい足音。

悪ガキ連中は、後部座席を狙い懸命に走った。

二階、三階の窓から顔を出すもの、学校中の視線が二年三組に集まる。

私に校長からクレームが付くのは時間の問題だ。

(3) 空手馬鹿

この頃、後藤研一が神妙な顔をして道場へやって来た。彼は東洋大姫路を卒業後、大阪商業大学へ空手推薦で入学し、空手部の寮へ入っていた。

「どうした、顔色が悪いぞ！　逃げて帰って来たんと違うか？」私は笑いながら言った。

「何故分かるのですか？」

「当てずっぽう！」

「同級生が一緒に逃げようと言っているのです」

「あかん！　絶対にあかん！……理由を言ってみろ！」私は焦った。

「ハイ、上級生の暴言と、人間サンドバックです」

「人間サンドバック？……何や、それ？」

「自由組手で、攻撃は一切避けるな！と先輩から突きも蹴りもかわすことが禁じられているのです」

「中学の時の投げ込みやな、いや、それより上や、顔面も？」

「時々、当てられます」

「寮生活はどうや？」

「地獄の毎日です。正座をさせられ、そこへ、先輩方の突きや蹴りが入る時もあります」

「そうか、……しかし解決方法は耐えるか？　反抗するか？　二つに一つや。逃げる事は許さへん！」と、私は二者択一を迫った。

私は、沖縄高校の真喜志先生の話をした。

「東京の大学の柔道部へ入ったが、最初は、言葉遣いが可笑しいと言われ、よく揶揄われたそうだ。その内、金をせびられたり、叩かれたりするようになったそうだ。最後に決心したのは学校を辞める事や！　『お別れの挨拶をします』と、言い、道場へ柔道部員全員を集め、その後は隠していたバットを振りまわしたらしいぞ。皆逃げたらしい」

　私は、牛を農家から引っ張り出してきた真喜志先輩の話をした。

「覚悟を決めた人間が勝つ」と、私は付け加えた。

　後藤は私の話を黙って聞いていた。

　そして、

「頑張ります」後藤はそう言うと、大阪商業大学の空手道部の寮へ戻って行った。

　半年ほど過ぎた頃、後藤から電話が掛かって来た。

「先生有難うございます。全関西大学選手権団体戦にレギュラーで出場し、優勝しました」と、嬉しそうに言った。

　後藤は三回生の時には、糸東流西日本選手権で個人優勝、四回生時、全関西大学選手権個人戦で準優勝をした。

　後藤研一の活躍はまだまだ続く。

　この年の前年かな？……県立舞子高校から高砂高校へ内海常明先生が転勤してきたのは。

この年、荒井中学校卒業生の藤田公一が高砂高校の柔道部へ入部する。

その年から、内海先生が率いる、県立高砂高校の躍進が始まる事になる。

（４）天理合宿

部員達が水浴びを始めてから一冬が過ぎ、春休みになった。

全国大会へ向けての仕上げの時期。

入学時、小学生柔道の経験者にはまるで歯が立たなかった私の部員達は、一年生の終り頃、冬休み明け頃になると、小学デビューの強者達を練習試合で次々と破り、〝手の柔道〟の破壊力を立証するようになった。

その年、丸山中学校の木村光男からの誘いで、春休みの合宿は、天理中学校の合宿に参加することにした。

全国各地の強豪校、百校程が二泊三日で腕を競い合う、大きな練成会だと聞いていた。

その時、参加の返事をしたものの、一つ気になることが有った。

クラス生徒のＹの事。……貧困家庭。調べると、同じ様な境遇の部員が後、一名いた。

私はYにホームルームが終わった後、職員室へ来るようにと指示をした。

職員室で待っていた。

暫くするとYが恐る恐る入って来た。

「校長室へ行こう」と、私は誘った。

私はソファーに腰かけた。

Yは立ったまま、緊張していた。私は座るように指示をした。

「妹は元気か？」と、訊いた。Yには小学生の妹がいた。私はYの調査書に〝病弱〟とメモをしていた。

「いいえ、風邪をひいています」と、答えた。

貧困から来る栄養不良だと、養護教諭から聞いていたので、それ以上は聞かなかった。

「合宿代にしろ、出世払いだ」と、小さな声で言い、私は封筒に入れた五千円をYに渡した。

「合宿に行けない」とは言えないだろう。尊厳もある。悩んでいるだろう。と、私は思った。

貧困の辛さは私も充分に分かっている。

「ありがとうございます」……Yは、ボソッと言った。

その瞬間、Yの表情が崩れた。

「早く練習に行け！」と、私は言った。

後の二名も一人ずつ呼び、同じようにした。

その十年ほど後、
私は、宝殿中学校へ転勤していた。

道場で練習をしていると訪問者。

見るとYだ。

「おーどうした！」

「部員を三人ほど貸してください」と、Y。私は部員を呼び、Yの指示に従うように言った。

暫くたった。

すると三人は重そうに、箱入りの飲料水を抱えて戻って来た。

「全員集合！」私は皆を呼び集めた。百三十人程の部員達が一斉に集まってきた。

「荒井中学校柔道部OBのYさんです」と、私は皆に紹介した。

その後、部員達に休憩を与え、キャプテンに飲料水を分け与えるようにと指示をした。

教官室へYと入り二人になった。

「お久しぶりです」

Yは再び笑顔で言い、ショルダーバッグから封筒を取り出した。

「ラブレターか？」私は冗談を言いながら封筒を受け取った。

中を見ると三万円入っていた。

「何やこれ？」

「合宿費の足しにしてください」と、Yは笑顔で言った。

話しを戻そう。

合宿は天理高校の第二道場で行われた。

私が大学生時代に様々な思惑を重ねながら稽古をした道場は、天理高校の道場になっていた。

久しぶりだ。

アフリカ行き、外人部隊、商社、金髪の恋人、発想はこの道場から始まる。

私は暫く感傷に耽った。だが、今は中学教師。

「目指せ！　全国優勝！」……心の切り替えをした。

練習試合。

生徒達は強かった。向かう所、敵なし！

柔道着に着替えた全員が、一丸となり声援をした。

Ｙも大きな声で応援をしていた。これで良いのだと私は思った。

合宿中、
生徒達は一日ごとに腕を上げていた。
三日目の最終日には、厚かましいほどに組みに行き、投げ技に入る。
組み勝ち！……から、投げ。
〝手の柔道〟

彼らは一試合ごとに、捌きと投げ技との連携が上手くなった。

荒井中学校の情報は、核分裂したように広まっていった。

「変わった柔道をする学校だ」と、他府県の監督達が噂し始める。

「邪道だよ！」と、〝手の柔道〟を批判する監督もいた。

「私の勝手でしょ！」と、私は心の中でうそぶいた。


天理合宿に集まる監督達の殆どが、鋭い眼を持つ専門家集団。

瞬時に、荒井中学校の柔道を分析した。

上達の秘訣、それは模倣から始まる。

情報の流れは早い。

その集団は、全国各地へ散って行く。そして〝手の柔道〟を噂して、まるで伝達講習会でもするかの様に荒井中学校の技法を伝えていった。


「表面的に見れば先手必勝！」……だが、そんなものじゃない。

〝手〟の技法……掌底、手刀、ティージクン（正拳）。

だが、一冬、水浴びをしたと言う事実を、他府県の監督達は知っているのだろうか？

精神力を鍛える為の味付けを。

これは〝手〟の柔道が、世界中を席巻し始める、少しだけ前の話。

第8章　後、一息

(1) 苦悩

毎年、入学式の頃になると私は眠れない日々が続く。

新入部員の募集。

荒井中学校は全校生徒六百人弱の公立中学校だ。

野球、剣道、柔道、ハンドボール……。

美術、ブラスバンド、家庭科……。

素質を持つ新入部員の加入次第で二年半後が決まる。

熱心な顧問達の部員争奪合戦が始まる。

「柔道部に入れ！」私もなりふり構わず声を掛けた。

その時の私の常套の口説き文句はこう。

「一緒に全国優勝をしよう！　柔道は、誰がやっても強くなる。俺がお前達の隠れた素質を引き出してやる」

だが〝手(ティー)の柔道〟とは言わない。

「出る杭は打たれると言うわよ、全国大会へ行けるチームが出来上がったのだから、今以上に世間の目を気にしなさい」

それはお銀ちゃんからの忠告だ。

柔道部が強くなって行くと同時に空手道場の門下生も増え続けていた。

ある時、大失言をしてしまった。

「柔道は、素質が関係ないスポーツだ。誰がやっても強くなる。……彼女とデートをしている時、怪しいやつに絡まれたらどうする？……走って逃げるか？　格好悪いだろう。男なら戦え！　走って逃げるなら陸上部に入れ！……」

すると翌日、陸上部の顧問が血相を変えて私の所へやってきた。

「ええ加減にしてください。走って逃げるなら陸上部へ入れと言うたんですか？」

「すまん、そういう意味では……」私は次の言葉が出ず、頭を掻くよりほか仕方なかった。

すると、

「陸上部には、砲丸と言う強力な武器があります」と、答えた。

日焼けで真っ黒な顔をした若い熱血教師だ。

「おい、そんなことは冗談でも言うなよ！……俺の学生時代、陸上部の練習中に、やりが刺さって死んだ奴がいた。お前も指導者として気を付けろよ」と、私は注意した。

どちらにしても二人は体育系、脳みそは筋肉の塊。

六月頃になると、この年の三年生は去年のチームにもまして腕をあげていた。又、新入部員達も順調に〝受け身〟が出来るようになっていた。

新入生の全国優勝への階段は、礼法から始まり、受け身へと入って行く。

そして、個々に応じた〝手の柔道〟。

市、地区、県、近畿、全国大会への階段は、二年と四か月続く。


この年、荒井中学校柔道部は市内三校で競い合った。

強豪校を退け市内で優勝し、地区大会のシード権を得る。

次のステージは地区大会。

荒井中学校が位置する東播地区には二十校程の強豪校がひしめいている。ここでベスト8に入ったチームが、全国大会の最終予選である県大会に出場できた。

この年の一番の強敵は二見中学校。

明石市にあり、少年柔道の盛んな地域だ。柔道経験の長い彼らはしぶとい柔道をした。この年、面白い選手がいた。

泉房穂……今の明石市長（二〇二三年四月退任）。

「こいつに失点を許して、後が引き分けされてしまえば負けてしまう」私はそういう危機感もあった。

地区大会からは、八校が県大会への出場権が与えられる。

幸い優勝した荒井中学校は、県大会の出場権を得た。


兵庫県大会。

予想通りに勝ち進んだ。

そして、
準々決勝、対荊藻中学校、五対〇
準決勝、対龍野西中学校、三対〇
決勝、対丸山中学校、四対一で勝ち。

この頃になると、荒井中学校の生徒達は、小学生デビューの選手達を凌駕するようになっていた。

練習期間二年を過ぎた頃に、急激に上達するのが〝手の柔道〟の特徴。

一九七八（昭和五十三）年八月十八日、第九回全国中学生柔道大会は東京、講道館で行われた。

驚くべき組合せ。予選リーグで全国大会三連覇中の熊本の九州学院と戦うことになっていた。

白石先生が率いる日本最強と予想されるチームだ。

彼らは幼少期から柔道を始め、九州学院へ入学するために選りすぐられた柔道エリート達。

対する荒井中学校は全員が、中学生デビュー。

会場に集まった誰もが九州学院の勝利を疑わなかった。

役員席から観客席迄、全員がこの試合を注目した。

日本最強チームと言われる九州学院の「勝ちぶり」を見たかったのだろう。

始まった。
荒井中学校の先鋒は森本。落ち着いていた。〝掌底〟で捌きながら前へ、前へ出る。
この時、観客からどよめき、……
「九州学院が組み負けしている！」
「見せてやれ、〝手の柔道〟」私は心の中で叫んだ。
生徒達は皆、私の思惑通りに動いた。
全員が、一冬水浴びを続けたと言う、気持ちの強さが試合の中に現れていた。
……荒井中学校が二対一で勝った。

予選リーグの二回戦は香川県代表の大川中学校。
これも又、名門校だ。
結果は一対一で引き分け。
得失点差で予選リーグを勝ち上がった。
私はこのリーグの組み合わせに〝潰し合い〟……意図的なものを感じた。
大川中学校の監督はどう感じたかは知らないが……。

決勝トーナメント。
一回戦、対長野県代表上田第三中学校……四対〇
二回戦、対群馬県代表昭和南中学校……四対〇
準決勝、対鹿児島県代表末吉中学校……二対一

決勝戦は富山県代表の小杉中学校と対戦した。

言い訳になるかもしれないが、小杉中学校は運が良かった。上り階段のような組み合わせは、決勝戦では最高に実力を発揮することができた。逆に荒井中学校は決勝戦までは上がったものの、予選リーグで集中力を消耗し、実力を発揮できなかった。

中学生の心とはそういうものだと私は自分に言い聞かせた。

しかし、人々は噂した。

「中学デビューの素人チームが、九州学院と大川中学校を退け、決勝戦へのし上がった。あいつら、どんな練習をしているのだろう？……」

日本中の指導者達が荒井中学校を意識の中心に置いた。


もう一か月欲しかった。

「その後、対戦したら勝てる！」私は、心の中でそう思った。

しかし、人生は一コマ一コマの積み重ね。再び繰り返される事は無い。

東京から帰ると彼らは進路の準備に入る。

水浴びが彼らに強靭なセルフコントロール能力を育て上げていた。直ぐに彼らは心の切り替えをした。


私は沖縄へ渡る。

……〝琉球の手〟。

那覇空港のゲートを出、タクシーに乗り、辻の松田先生の道場（松田三線店）へ行った。

松田先生は「準優勝か。もう少しだな……ナイハンチの型を研究しようね」と、笑顔で言った。


その後、二人で〝波の上〟へ。

先生は三線を弾いた。

私は〝ナイハンチの型〟を何度も繰り返した。


手刀、肘打ち、背刀、裏拳、波返し、手の柔道を意識した。

引手を切る、外す。優位に組む……。

今では世界の柔道界ではオーソドックスになった技法が、型の中に秘められていた。

（2）道場開き

一九七八年九月、始業式。
新チームに代わった。
全国優勝まであと一歩。
他府県からの練習試合への呼びかけも多くなっていた。
私は日程の許す限り、練習試合に応じるようにした。

只、この時期は、まだチームとしては出来上がっていない。
この年は、兵庫県内で言えばベスト八位だったかな？
「前のチームはあんなに強かったのに！」先生方は皆、首を傾げていた。
「新チームはたいしたことがないぞ！」との、噂が飛び交う。
「もう半年待ってください！　これから強くなります」と、私は心の中で笑った。
私には荒井中学校柔道部は、翌年の春になれば強くなる！という、自信があった。
私の指導するのは〝手の柔道〟だ。
高砂高校の内海常明先生がよく荒井中学校に顔出しをし、アドバイスをしてくれた。

この年のレギュラー、森本実、荒井圭介、大島義尚が高砂高校へ進学する。

十月、とうとう自宅兼道場が完成した。

道場名は〝沖縄小林流妙武館空手道兵庫県本部道場〟。

引っ越しは来年春、天理高校へ進学する中谷靖と、高砂高校を受験する荒井圭介に手伝って貰った。

この頃、兵庫県立高校は兵庫方式と呼ばれる、内申点を重視する選抜方法で、成績に余裕のある荒井には、安心して手伝いを頼めた。

この入試方法が、輪切り方式と議論され始めてから久しかった。

引っ越しに伴い、長女の有香も転園した。すると不思議なことに、すぐに園になじめるようになった。

引っ越しをしてから数日後、お銀ちゃんが学校へやって来た。

「新築おめでとう」と言い、ご祝儀袋を差し出した。何気なく裏を見ると大層な額が記されている。私は慌てて押し戻した。

するとお銀ちゃんは、

「慰謝料と思い受け取ってください」と、言った。

道場開きには、五十畳の道場に百余名の人々が集まってくれた。

型の演武の中ほどで、田水会長と奥野史郎が〝手の柔道〟を披露した。

残念な事に二〇一八（平成三十）年一月十日、田水会長は他界される。

今は先生の二女、敦子さん（麻酔科医）に複写して貰った、道場に掲げた演武の写真を通し、後進達を見守って下さっている。

先生の残された色紙には、

「人生は一生一度、精一杯運動し、勉強に頑張りましょう」

平易な田水会長の言葉は、一見、子供向けに書かれているが、実は私に対する戒めの言葉だ。

(3) スカウト

この年も、水浴びが続き、やがて春が来た。

予想通り、生徒達は上達していた。

「さあ、これからが味付けだ」人間は誰一人、同じものはいない。身長・体重・性格・運動能力、私は急激に変化するそれぞれの〝心技体〟を一つにまとめる作業に入る。

おこがましいが、私は入学時に生徒の歩く姿を見ると、二年半後の伸びが分かるようになっていた。

そんな時、
吉政さんからの情報、面白い小学六年生がいると聞き、家庭訪問をした。

竹林英彦と言った。夕方、車で行くほどの距離でもなかったので学校に車を置いたまま、自転車で行った。

「先生、車は?」と、親父が訊いた。体が大きく、柄の悪そうな親父。

「自転車で来ました」と、私は答えた。

「オーイ、ビール持ってこい」親父は間髪入れず家の奥へ向い叫んだ。

「ハーイ」奥さんの愛想の良い声。しばらくしてビールを持って出て来た。息子の英彦も出て来た。

「英彦!　先生にビールをつげ」と、親父が言った。

私が断ると、

「水臭いことを言うな」と親父が言った。

私は躊躇した。

「固めの杯や、堅苦しい事言わずに飲め!」と親父が言った。私は断り切れなくなりグラスを差し出した。

親父と固めの杯?……スカウトと言う大仕事が出来た後のビールが美味かった。

「先生、食べて、取れたてのレバーですよ!」これが又、格別に美味かった。一杯が二杯と重なった。

（4）飲酒運転

アリスの「チャンピオン」……クラスの生徒達が決めた今月の学級歌だ。その生徒達は卒業式が終わり、高校入試の合否の発表を待つばかり。……「大物部員ゲット！」気分が高揚し、鼻歌が出た。

よろよろと自転車で浜国道を走った。荒井神社の角を右へ曲がった。

そのまま学校へ帰ろうとしたが、私は思いなおした。自転車を降り、神社の境内へ入り拝殿の前に立った。

「全国優勝できますように！」〝二礼二拍手一礼〟その後、平安初段とナイハンチ初段の型を、奉納演武。

酔いが少し収まって来た。

奥にある、剛柔流空手道場の〝気合〟が聞こえてきた。一瞬、頭の中に〝道場破り〟と閃いた。が、止めた。

その後、教え子の銀水の駐車場、同僚でハンドボール部監督の高井先生の家、籠谷先生の家の横を通り、荒井中学校へ戻った。

職員室にはまだ電気がついていた。荷物を取りに入ると数人の先生が一斉に私の方を見た。その内の一人は私を快く思っていない先生。

案の定、

「あら、顔が赤いわよ、何処でお酒を飲んで来たの？」

「飲んでいません！」

「飲んだのね！　学校の自転車を乗って行かれたでしょう？　まさか、乗って帰ってこられたのではないでしょうね」

「うるさい――！」……私は言いようが無かった。捨て台詞を残し、職員室を出た。


次の日、練習をしていると校長がやってきた。

「どうや、皆、調子は良いか？」

「はい！……上り調子です」

「それは良かった。それはそうと昨夜、自転車で飲酒運転をしましたか？」

「いいえ、していません」私はしらを切った。昨夜、ガチガチ組合分子に職員室で顔を合わせた時、こうなる予感がしていた。

「飲酒運転はしていないのですね！　分かりました」校長は念を押すように強く言うと道場を出て行った。

校長は恐らくガチガチ組合分子に問い詰められたのだろうと思った。

私は自転車を押して帰ったと〝しら〟を切りとおした。読者の皆さん、若気の至りとお許しください。


次の日、お銀ちゃんが道場へやって来た。

「岸本君、議員や教育委員会が貴方の事で騒いでいるわ！　貴方は本当にトラブルメーカーね。お酒は残っていないわよね」と、笑いながら言った。

「はい、どうせ私は嫌われ者ですから」と、答えた。

「息子も、貴方のように野放図に育って欲しいわ！」

「私程、周りに気をつかいながら、真摯に生きている人間はいませんよ。……恵那さん、親子で私の道場に空手の練習に来られたらどうですか？　その顔を二、三発叩いてあげますから」と、私は言った。

「それも良いわね。でも、高砂を去る事になったの」と、少し寂しそうな顔をした。

「どうしてですか？」

「関東の方の地方紙が、私を雇ってくれることになったの。夢がかなうわ。只、一つ心配は勇人の事、一緒に連れて行くけどいじめが心配なの」と、言った。

「おめでとうございます。良かったですね。勇人には柔道か剣道を習わせたらいいのですよ！それで絶対大丈夫です」

「何故、柔道か剣道なの？」

「柔道や剣道は対人競技だからです」

「貴方は空手を教えているじゃない」

「私の教えているのは〝琉球の手〟です。残念なことに内地には普及していません」……ごろつき新聞を発行しているお銀ちゃん、いや、恵那さんは、内地と言う言葉の言い回しを理解した。

「新学期から勇人は向こうの学校へ行くわ、今日来たのはその報告よ！　何度も言うけど〝じら〟を切り通すのよ！……それではお元気で」

台風のような女人は高砂から去って行った。

（5）錬成大会

二月に中越戦争（中国とベトナムの戦争）が勃発。

この戦争の勃発を聞いた時、私は学生時代の東南アジア遠征を思い出した。タイのアマリンホテルで出会った若い米兵達の戦場はベトナムだ。

一九七五年にその戦争は終結した。が、今度は中国人民解放軍がベトナムへ侵略戦争を仕掛けていた。

世界中が見守る中、三月十六日にこの戦争は終結した。

中国とベトナム、共に大勢の人々が亡くなっていた。

「この戦場に外人部隊は存在したのかな？」ふと、私はそう思った。


一九七九年三月二十六日、その年も天理での柔道錬成会に生徒を連れて参加した。

会場は天理高校第二道場、私の学生時代の道場。

学生時代の夢はアフリカ行き、外人部隊、商社開設、金髪。その夢を育んだ道場へ。

いつのまにか私は教師になり、今度は生徒を連れ戻ってくるようになっていた。……ここが今の私の戦場。


次々と挑戦校が現れる。

挑戦校は兎も角として、荒井中学校の試合を見学する学校が増え続けていた。

そう、技術の盗み取り。

それはそうだろう。……彼らの殆どが小学生柔道の経験者。それに比べ荒井中学校柔道部は素人集団。

監督達にすれば、荒井中学校が試合に勝ち続けるのは青天の霹靂。

この年の荒井中学校の生徒はそれぞれ、身長体重、身体的特徴の差が大きかった。それだけに盗み取るものが多い。

「山崎はこう組んだ！……山本の右大外はこう入った！」

全国から集まった監督や選手達は、荒井中学校生徒の一挙手一投足を注視した。

「今年も荒井中学校は強いぞ！」


この頃、一つ下の学年では、大きな問題が芽吹き始めていたのを、私は気が付かなかった。

(6) 文部省（現、文部科学省）指定柔道指導研究校

一九七九年四月、新学期が始まった日、私は校長室へ呼ばれた。

「岸本君、文部省の柔道指導研究校に県が指定してきたんや、今年から三年間、授業柔道の研究をして貰えないか？」

「それ、なんですか？」

「うちでは六年前から授業柔道をやっていますよ」私には、八年前、授業柔道の計画を立て、市教委へ提出したが、先例がないと言う事で、何度も書類を付き返され、門前払いを受けた経験があった。

私は仕方なく奥の手を使い、籠谷先生に相談し、やっと漕ぎつけたものだった。

それから六年が過ぎていた。今更、文部省指定も何もない。

「お前ら、いい加減にしろ！」と、心の中で叫んだ。

すると、

「岸本先生、受けましょう。予算が付きますよ！」と、横に座っていた澤井先生が耳打ちをした。

高知大学教育学部出身の体育女子教員、バレーボールが専門。その上、事務仕事にも精通していた。

「分かりました。澤井先生の指導を受けながらやります」と、私は、恩着せがましく校長に答えた。


翌日、校長が封筒に入った文部省への提出書類を持って来た。

中を見ると三年間のスケジュールだけが書いてあった。

一年次……市内発表
二年次……地区発表
三年次……全国発表。

後は白紙の紙に枠が掛かれているだけの用紙が数枚入っていた。

私は訳が分からないので、澤井先生にお願いしますと言い、書類一式を渡した。

「受けたまわりました。分らないところは相談させて頂きます」と、笑いながら答えた。

私はその時日本国中の柔道強豪校を見ながら、美味いものでも食べてこようと、別の算段をしていた。

スケジュール調整が大変だった。授業は勿論、空手道場の指導。「手」の修行に沖縄行き、それに修学旅行。精々、出張は二泊三日の予定位しか取れない事に気が付いた。

その頃、東北新幹線は開通していなかった。

それでも、
福井、富山、石川、大阪、和歌山、京都、福岡……全国行脚。

訪問先では、先生方と〝地元の美味いもの〟を酒の肴に、授業柔道と部活柔道について語り合った。

その時、私は授業柔道の事は忘れて〝手の柔道〟の伝道者になり切っていた。


その二年後、一九八一（昭和五十六）年十一月二十五日、「厳しい礼法、充実した気力、たくましい体力を育てる格技指導」と題して、研究発表会を開いた。

基調講演は天理大学の後輩、世界選手権で四連覇した〝時の人〟藤猪省太先生がしてくれた。

県内外から大勢の先生方が、荒井中学校に集まった。

（7）一九七九年、三度目の挑戦

当時、柔道専門家は「しっかり組んでから柔道をしなさい」と、この事を強調していた。

〝手の柔道〟はこれより少しテンポが速い。

掌底と手刀を、組み際の基本に置き、瞬間的に、〝崩し↓作り↓掛け〟。

ほんの〇・一秒ほどの違いかな？

これが怖しいほどの威力を発揮する。

競技スポーツに〝破竹の進撃〟と言う言葉は相応しくないかもしれないが、あえて例えると荒井中学校柔道部の活躍は正しくそれだった。


話は少し横道へそれる。

琉球王朝の時代、空手を単に「手」と言った。

それが、明治維新後には唐手、空手と名前が変わっていく。

「唐手？」……唐は千年以上も前に滅亡した国だ。

私は唐手と言う呼び方に疑問を持ち、松田先生に質問をしたことがある。

「先生！　〝空手の歴史は五、六百年前に遡る〟と、聞いていますが何故、唐手と呼ばれることが有ったのでしょうか？」と、訊いたことが有る。

するると、

「うちのオバアが『オジイが唐へ行ってくるよ、唐から帰って来た』と、近所の人に、よく言っていた」と、教えてくれた。

「そうか、沖縄のお年寄り達は中華民国、中華人民共和国を唐と呼んでいたのだ」と、私はそう思った。

〝手の柔道〟を考案してから五年目の頃。


「今年こそ全国優勝」……私は誓っていた。

六月の市内大会から全国大会の予選は始まった。

白陵中学校が強敵だ。……勝った！

七月、東播大会。二見中学校、小野中学校と名だたる学校、それらの学校を打ち破った。

そして、七月三十日、県大会。

決勝戦は西播地区の雄、龍野西中学校と対戦、勝った。三年連続優勝。

八月三日の近畿大会も当然の事の様に優勝した。

破竹の進撃！


一九七九（昭和五十四）年八月十七日、この年の全国大会は秋田県で行われた。

私は〝三度目の正直〟と言う諺を信じた。

八月十五日、姫路を出発、二十五時間の長旅が始まった。

列車に揺られるのは一昨年の長野で懲りていた。飛行機の切符を手配したが満席で取れなかった。

列車の長旅に備える為、生徒達には夏休みの課題を持参させていたが、近江塩津を過ぎた頃、辛抱がたまらなかったのだろう、車内徘徊をしはじめた。

一度は駅弁を食べさせ制したが、それ以上は無理。

私は思い切って練習をさせた。

「品のない生徒達だが、教師も教師！」他の乗客はそう思ったに違いない。


翌日、昼前にやっと秋田駅についた。

さっそく、昼食を食べに食堂に入った。

「きりたんぽ」と書いてあるのを見つけた外間が、それを指さし注文をしようとした。

「駄目！　値段が高い」……養護教諭の荘所先生がすかさず怒鳴った。外間は恨めしそうに荘所先生の顔を見た。

食事を終え宿舎へ向かった。

宿舎は駅前から歩いて五分程の所にあった。

この日は午後から合同練習会。

生徒達に部屋に荷物を置かせ、柔道着を持たせ、試合会場の秋田県立体育館へと向かった。

その頃、私は、生徒引率の時はいつも、最後尾を少し離れて歩くことにしていた。

余り整然としない列。その学校の教師だと思われるのが面映ゆかった。だからと言い余り整然と言うのは好きではない。

山王大通りへ出ると〝第十回全国中学校柔道大会会場〟と書かれた大きな看板が会場へ導いてくれた。

秋田県立体育館へ着いた。六千人が収容できると訊いていた。大きな会場だ。しかし、日本武道館程ではなかった。

生徒達全員を柔道着に着替えさせた。レギュラーだけでなく三年生部員、全員を。
荒井と、胸に大きな刺繍を入れた柔道着。
他校の生徒達が練習を止め注目した。
私は準決勝で対戦すると予想した、九州学院（熊本）の練習を見に行った。驚いた。とんでもない巨人チームだ。七人の平均体重は優に百キロを超えていた。
「いくら何でも冗談じゃない！　物事には限度がある」私は二の句を継げることが出来なかった。
試合が始まった。
予選リーグは、
一回戦五対〇、対宮古第一中学校（岩手県代表）
二回戦三対〇、対安佐中学校（広島県）
決勝トーナメントは、

一回戦四対〇、対大野中学校（岐阜）
二回戦三対一、対本条南中学校（秋田）

準決勝、九州学院との対戦が始まった。結論から書いて置こう。〇対三、大敗。しかし、監督としての言い訳をしておかなければならない。

負けた三人の、相手との体重差は、いずれも二〇キログラム近くあった。

荒井中学校の生徒達はその相手を果敢に攻め立てた。ここに落とし穴があった。

息切れ。もう少し対巨人戦を工夫すべきだった。

それに私は、練習時間は、平日二時間以内と決めている。

「文武両道」この子達には、他にもしなければならないことが有る。私は自分の指導方針を思い出し、悔しさを断ち切った。

決勝戦は九州学院と花畑中学校（福岡）の間で行われ、九州学院が勝ち優勝した。


山王大通りを秋田駅へ向かった。

来るときは眼中に入らなかった〝竿燈まつり〟の〝竿燈〟が何本も置いてあった。

祭りはすでに終わっていたが、全国から集まった人々に、少しでも知ってもらいたいとの秋田県民の思いが伝わって来た。

その思いとは別に、優勝できなかった悔しさがこみ上げてきた。

高砂へ戻ると私はすぐに、その足で沖縄へ行き、松田先生に優勝できなかったことを報告した。

「そうか、残念だったな。ところで嘉手納中学校はどうだった?」と、訊かれた。

沖縄県の代表校。

「トーナメント一回戦で敗れました。小兵ばかりでしたがよく頑張っていました」と、私は答えた。

監督の伊礼さんとは話したことは無かったが、何故か親近感を覚えていた。

この年、新城平太郎先生が亡くなられた。

第9章　課題

(1) 母親の焦り

全国大会四年連続出場、挑戦の年。

一九八〇（昭和五十五）年四月の事。新入部員の勧誘も順調に進み、有望な新入生が集まっていた。

中谷、坂田、坂本、吉政、松本、長野、梅本、竹下、吉村、立岩……。

五月になると、礼法から入った彼らは、受け身を一通り覚え、乱取り稽古が出来るまでに至っていた。

彼らに与えられた年月は後二年と五か月。

又、二年生も順調に伸び、竹林や浅見は三年生を脅かす存在になっていた。

そんな時、レギュラー候補の一人の母親が学校へやって来た。その部員は〝左内股〟を得意とし、〝手(ティー)の柔道〟の申し子のような、瞬間の閃きと技の切れを持っていた。

私は母親を柔道部の控え室へ通した。

「お疲れ様です。いつもありがとうございます」と、母親は丁寧な口調。

私も、

「本当に、早いものですね。早、三年生になってしまいました。M君も頑張っていますよ」と、言った。

　すると、

「その事でご相談があるのです」と、母親が言った。

「何でしょう?」この時、事件が始まった。

「申し訳ありませんが、息子を四時半になったら帰らせてやってください」と、言った。

「エッ?」私は一瞬耳を疑った。

「塾へ行かせます!」と、母親は厳しい語調に変わっていた。

　すると、

「他の部員に示しがつきませんのでそれは出来ません」と、私は答えた。

「受験に失敗したら先生が責任を取ってくれるのですか?」と、ヒステリックな声に変わった。

最悪の場面。

「何の責任ですか?……それなら退部させてください!」と、私は答えた。

　毎年、似たような話が出るが、生徒止まりで話は終っていた。私は譲歩するつもりはなかった。

　すると、

「貴方はそれでも教師ですか?」母親は立ちあがって言った。

「そうですが!」と、喧嘩口調で私は言った。

　私の頭の中では、Mの代わりのレギュラー候補を決めていた。練習しない者を試合に出す訳には行かない。

すると、母親はそれを感じたのか？

「なんとか四時半まで練習をさせてやってください。父親が『柔道は三年間続けさせろ』と言うのです」と、今度は、哀願の口調に変わった。

Mには中学受験に失敗し、公立中学校へ来たと言う経緯があり、母親の気持ちが分からないでも無かった。学歴社会途中の犠牲者の一人に成り始めていた。鬼にはなり切れなかった。

「特例を認めよう。仕方ないか」……私は同調してしまった。

(2) 負のスパイラル

この事が、他の部員へ与える大きな影響を、その時は考えていなかった。

だが、その影響は翌日からすぐに出始めた。

四時過ぎになると母親が赤い車を乗りつけ、道場横に止め、迎えに来る。

垣根代わりに植えられた〝カイズカイブキ〟の新緑が赤い車を際立たせていた。

赤い車は部員達の好奇の目を引くのには充分だ。

四時半になるとMは、その車に乗り込み、帰って行った。

その影響は、一年生部員から現れ始めた。

「Mさんは良いなー。四時半になったら帰れる！」

日がたつごとに二年生部員達にも「羨望」と言う魔物を育て上げていた。やがて、部員達は、Mを白眼視するようになっていた。

Mも苦しんでいた。部員達の白い眼に耐えながら、四時半になると赤い車に乗り込み、逃げるように帰って行った。

Mは浮いた存在になってしまったが、私には部員達の諌め様が分からなかった。

やがて、練習途中で帰って行くMの存在が柔道部全体の足を引っ張るようになっていった。


二週間程過ぎた頃、私はMを控室へ呼んだ。

「勉強は頑張っているか？」と、私は切り出した。

Mにはその言葉が誘い水のようになり、堰が切れたように言った。

「母親が塾の夏期講習に申し込んでしまい、夏休み中は練習に参加できないのです」と情けなそうな顔をした。

私はその時、「Mの家に、ひと騒動を起こしてやろう」と、思った。

「物事の解決には、一度ぶち壊してから組み立てていくしかない」恥ずかしい話だが、私の短絡的な思考回路はその結論を瞬間的に出していた。

「『全国大会に出すから夏期講習は行かせない！』岸本先生がそう言っている。とお母さんに言え」私はMに言った。

夏休みに入ると地区の大会があり、それが県大会、近畿大会、全国大会へと繋がる。勿論、勝ちあがることが前提だ。荒井中学校柔道部の試練の時が迫っていた。

私は攻撃をしてしまった。

「大勢、出て来るぞー、戦闘開始！」私は、覚悟をし、身を引きしめた。
二、三日が過ぎた。
案の定、校長からの呼び出し。

「さー、来たぞ！」……私は柔道着のまま校長室へ走って行った。

「岸本君、君はM君に『夏期講習に行くな』と言ったのか？」

「ハイ、言いました」

「教育委員会から調査が入っているのだ」と、校長が言った。

「教育委員会は馬鹿と違いますか。私には近畿大会三連勝、全国大会四年連続出場が掛かっているのです。教育長にはそう言っといてください」と、要旨だけを強く言った。そして校長室を出た。

頭の中で、その後の事は考えていた。

「それで問題が解決できなければ辞めれば済む」……覚悟をしていた。

「〝手〟の海外普及。私には別の夢がある」と、自分に言い聞かせた。

顔から流れ出る汗を、濡れ雑巾の様になった柔道着の袖で拭くと、気化熱で冷えた柔道着の袖が気持ち良かった。

道場へ戻ると部員達が心配そうな顔をして私を見た。

部員達は井戸端会議の話題を親から耳にして、私以上に状況を把握していた。

「気合いを入れろー」私は笑いながらの怒鳴り声で、部員達に親近の気持ちを現した。

「ハイ！」

「ハイ！」

「ハイ！」いくつもの大きな返事が返ってきた。

何故か、その日の練習は盛り上がった。

(3) 戦闘開始

「相談があるのです」練習を終え、私は栗原さんの所へ行った。

「今度は何や？」

「三年生にMと言う生徒がいるのですが、母親が塾の夏期講習に行くから柔道部の練習には参加させないといっているのです。父親に会って話をしようと思うのですが繋がりは有りませんか？」……私は訊いた。

栗原さんは暫く考えていた。

そして、机の上の電話機を取り、何桁かの番号をプッシュした。

「修ちゃん、岸本の相談に乗ってやってくれ」と、話した。修ちゃんの姓は西村さん、高砂商工会議所の専務理事。

すぐに西村さんが来た。

部屋へ入ってくるなり、

「先生、今度はなんや？」と、笑いながら言った。栗原さんと同じ〝いいぐさ〟。

「いつもご迷惑をお掛けしております」私は立ち上がり、いつもより深々と頭を下げ、挨拶をした。西村さんは、取ってつけたような挨拶をした私を笑った。


西村さんは直ぐに父親に連絡を取ってくれた。父親は西村さんの知り合いだ。事は意外とスムーズに運び、翌日、市内の喫茶店で西村さんと、栗原さんの立ち合いで、私は父親と話をすることになった。


店に行くと、父親は既に来ていた。

そして、

「中学入試で失敗して、柔道のお陰でやっと立ち直ったと思ったら、そんな状態やったのですか、私から母親に言います」と、父親は言った。

その後、

「是非、全国大会に連れて行ってやってください」と、父親は私に強く言い、頭を下げた。

すると栗原さんが、

「教育委員会はどうしよう？」と言った。

「放っておいたらいいですよ。皮肉った内容で顛末書を書いて置きます」と、私が言うと、

「お前もええ加減にしとけ！」と、栗原さんが笑いながら怒った。

「先生、こんな場合は真面目に話をしないといけません」と、生真面目な顔を作って西村さんが言った。

するとと父親が、「私が教育委員会へ行って話をしてきます」と、キッパリと答えた。


話を終え、株式会社籠谷へ行った。

西村さんが、父親との面談の状況を籠谷先生に話をした。

「価値観の違いは全国大会に出すことで払拭できる。ところで本人はレギュラーか？」と、訊いた。

「素質は有ります。練習次第です」と、私は答えた。

その頃になると、荒井中学校は兵庫県代表が、あたり前の事のようになり、〝手の柔道〟は近畿では、他府県の追従を許さなくなっていた。

「今年、勝ったら、四年連続全国大会出場か、立派なもんや」と、籠谷先生が言った。

「今年の全国大会は何処や？」と栗原さんが訊いた。

「講道館です」と、私は答えた。

すると、栗原さんは、

「旅費は何人分出るのや?」と、訊いた。

「五人分です。補欠の二名分は出ません」と、答えると、
籠谷先生が、

「儂等の時は出たぞ、儂は主将をしていたから、応援の分も出せと学校側と交渉した」と、笑いながら言った。日中戦争の最中、不景気にも関わらず国威高揚のため、武道には自治体も協力したそうだ。

「そうなんです。初出場の時に、全国大会出場の先例がないから、そう決まったようです」と、私は言った。

「脇谷さんや吉政さんが、部活動後援会を立ち上げ、その分をカバーしてくれている訳や、その部活動後援会を一部市議会議員は『寄付行為をあおるのは止めろ』と騒ぎ立てている。……今の行政は可笑しいな!」と、栗原さんは首をひねりながら言った。

「岸本先生、もうちょっと柔道を頑張って行政へ行け」と、西村さんが言った。

話が、私の将来の話に変わった。

すると、

「親父、体育館建設の話は進んでいますか? 出来たら岸本をそこへ推薦してやってください」と、栗原さんが言った。籠谷先生は高砂市体育協会会長として、高砂市の目玉となるよう

な体育館の建設を、市へ要望していた
「足立市長から、今、財政が厳しいから『もう少し待て』と言われているのや」と、籠谷先生は答えた。

「いやー！　全国優勝をするまでは現場監督をやらせてください」と、私は答えた。

それから九年後、平成元年十月十日、当時としては稀にみる、巨大な体育館が高砂市に出来上がる。

私事、その年、私は指導係長としてそこへ赴任した。

⑷　全国大会兵庫県予選

一九八〇（昭和五十五）年八月一日、この年の全国大会兵庫県予選は私立三田学園高校で行われた。

荒井中学校柔道部は、前日からバス一台を借り切って、三田の町へ乗り込んだ。

夜、三田学園の同窓会館で役員会議が行われた。

その時、私は驚いた。

同窓会館はテレビで見る、大正ロマンが滲み出たような英国風建築、ノスタルジックな雰囲気が学園全体を覆い包み、いやが上にも上質の教育的雰囲気を醸し出していた。

会議が終了し、同じ建物に席を設えてあった懇親会場に案内された。

「今年も強いらしいな？」

「どんな練習をしているのや？」と、先生方が私に訊いた。

会議に参加した先生方はいずれ劣らぬ〝柔道バカ〟……だが、その頃になると多くの先生方が私を持ち上げるようになっていた。

「勝てば官軍」はじめは異端視された〝手の柔道〟は主流派になっていた。

そして、荒井中学校を、酒の肴にし、話が弾んだ。

私は背中がこそばゆくなってきて、身の置き所が無かった。

報徳学園の徳尾野先生が、俳優の渡哲也さんがこの学校の柔道部卒業生だと話題を変えてくれた。

私は、今年の決勝戦には徳尾野先生率いる、報徳中学校が出てくるだろうと、予想をしていた。

私は既に、徳尾野先生の報徳学園との前哨戦をはじめていた。

翌日、私は試合会場へ行き、荒井中学校の応援団のところへ挨拶に行き、Mの母親の姿を探したが、どこにも見あたらなかった。

私は母親に全国大会優勝と言う、目標に向かい突き進む、息子の姿を見てほしかった。

捌きから入る〝手〟の内股を見てほしかった。


入場式が終わり、試合が始まった。

小柄な浜谷和英が抜群の強さを見せつける。

決勝戦は予想通り、私立報徳学園中学校が出て来た。

結果は三対一で荒井中学校が勝った。……兵庫県四連覇を達成。

この年から体重無差別の個人戦ができた。

決勝戦は浜谷と二見中の藤原。浜谷は有勢負けをした。……体重差は約四〇キロ。まっ仕方ないか。

そして、表彰式。

私はMの母親が気になり会場を見回した。が、いない。……落胆した。

しかし、帰る道中、バスの中で、訊きもしないのに部員の一人が教えてくれた。

「M君のお母さんが手を叩いていた」……私はMの母親が、陰からこの光景を見ていた事を知った。

それを聞き、私は眼がしらが熱くなった。

又、部員達にも人情の機微が分かる心が育っているのも嬉しかった。

この大会で印象に残った学校がある。

日本一の難関進学校。私立灘中学校が準決勝へ進出し、荒井中学校と対戦した。

二対〇で勝ったが内容的には辛勝、私は神戸の灘中学校の練習方法が気になった。

一週間ほど後、灘中学校へ行き、
顧問の長谷川先生に、練習内容と時間を訊いた。

すると、

「先生、うちの学校の練習は正直な話、一時間程です。公立中学校が羨ましいです」と言い、
私に荒井中学校の練習時間を訊いた。

私は答えた。

「うちの学校の練習時間は二時間弱です」

「嘘でしょう。三時間も四時間も練習をしていると思いました」と、長谷川先生は驚いたように言った。

本当のことを言えば、実質練習時間は一時間半ほどだ。灘中学校とほとんど変わりはない。

しかし、これは企業秘密。

(5) クーデター

一方、空手道場の方も、評判が高まり入門者が増え続けていた。

格闘技ブームのせいもあった。

門弟達は道場に入ると正座をし、正面に掲げた「押忍」と書かれた額に、礼をしてから入るようにと、決めていた。旧態依然としたやり方だが、これが意外と道場の評価を高めていた。

私は、いつも柔道部の練習を六時に終えると、柔道着のまま家に帰り、そのまま空手の練習に入るようにしていた。

指導は師範代のNさんとTさんがしてくれており、私は子供達の中に混ざり、一緒になって練習をした。


その日も部活を終え、自宅へ戻り、道場に入った。

ところが、師範代のNとTしかいない。いつもなら子供達五十人程が走り回っているところだ。

三人で雑談をしながら子供達が来るのを待った。

練習開始時間の六時半になったが、練習生は二人しか来なかった。

するとYが、吹っ切れた様に言った。

「実は、沖縄からM先生が来られて、Nさんの所に泊まり、道場開設準備をし、今日から勤労者体育館横の公園で、練習を始めたようです」と言った。M先生とは、松田道場の師範代。

「エッ！」私は思わず叫んでしまった。

私はすぐに勤労者体育館横の公園へ飛んでいった。

すると、沖縄から来たM先生と私の道場生、YとNが指導をしていた。

そこへ、道場へ通う弟子、五十人程が練習に加わっていた。

私にとっては屈辱的な場面が展開されていた。

その時、見学に来ていた練習生の保護者が私に話しかけてきた。

「先生は一緒に練習しないのですか？」と、言った。

私はそれには答えず、黙って練習を見ていた。

クーデター……指導するM先生に対して少しずつ怒りがこみ上げてきた。

だが、

「世の中には、平然とこんな事が出来る人間もいるのだ。いつか罰があたるだろう」と、私は怒りをいさめた。


二十年程前、当時、沖縄の曙町にあった妙武館の本部道場へ練習に行った。その時、実戦空手で世界に名を売る流派のある県の支部長が妙武館の型の指導を受けていた。

おそらく顔に当てないフルコンタクト空手（拳での顔面殴打は禁止）は行き詰りを感じてい

たのだろう。空手が〝手〟に戻り始めていた。

武術だけに関わらず、あらゆる文化が、このような形ででも、流布されていくのだと、今は、そう解釈している。

(6) 以心伝心

〝ママゴンの話〟とでも表現しておこう。この話は県大会で一件落着したと思っていた。

ところが、

「夏期講習行くな」と、Mへの私の発言は、別の所で波紋を広げていた。

父親が教育委員会へ行き、一件落着、と思っていた。

ところが、組合、市議会議員、第三者機関が大騒動。

また始まった。

「軍歌を歌わせた。道場に日の丸の旗を掲げている」

私の過去の事を再燃させ、この時とばかりに騒ぎ立てていた。

裏では、籠谷先生や栗原さん、西村さん、部活後援会の脇谷さん、吉政さん、川崎さん達が、私を守るために教育論争を展開していた。

この年、私の心の乱れで、近畿大会は一回戦で敗退。バスで駆けつけた応援団は試合に間に合わなかった。

「スミマセン、スミマセン」私は駆けつけてくれた人達に何度も頭を下げ、謝るより仕方がなかった。だが、その夜の反省会は私をターゲットにして盛り上がった。「岸本のボケ、ボサっとしくさって」と、皆からどなりつけられた。

「スミマセン、スミマセン」……これもコミュニケーション。それはそれで良かった。

講道館で行われた全国大会も予選リーグ一回戦では、石川県代表の内灘中学校には五対〇で勝ったものの、神奈川県代表の新田中学校には三対一で敗れてしまう。この年は富山県代表の小杉中学校が優勝をした。

全国大会から戻り、三年生は引退した。

一、二年生には休暇を与え、私は沖縄の松田先生の下へ駆けつけた。

「ハイサイ」……松田先生の明るい出迎えの言葉。その後、三線を聴く。三線の音が、私を柔道大会のストレスから少しずつ解放した。

松田先生の車に乗せてもらい、山川さんの浦添支部道場へ行く。

山川さんは松田空手道場（妙武館）開設時からの一番弟子、私の兄弟子だ。

道場では子供達が楽しそうに空手を学んでいた。

私は自分の柔道や空手指導への、思いへ至った。

「並べ！　気合いだ！」まるで、私は軍隊調。……反省しよう。

次の日、私は一人で嘉数の妙武館跡へ行った。

遠くに見える中城城。

琉球の悠久の歴史を垣間見る。

不発弾の処理を終えた更地には、紫の小さな花が遠慮がちに咲いていた。

後で図鑑を調べてみると〝シマツユクサ〟と記されていた。

帰りの飛行機の中では、伊丹空港へ到着するまで熟睡していた。

飛行機が、伊丹空港へ着陸した。心の切り替え。その時から、全国大会五年連続出場、そして近畿大会優勝、全国優勝を目指して新たな挑戦が始まった。

第10章　日本武道館

(1) スポーツドリンク

一九八〇年九月一日、新チーム結成後の、初練習が終わった。

私は、部員達を集めた。滴る汗を柔道着の袖で拭いながら、部員達が集まって来る。毎年繰り返される三年生が抜けた後の、一抹の寂しさを感じる一、二年生だけの新チームの練習を終えた。

「竹林、山崎、浅見！　これからスポーツドリンクを作るから、用務員室の冷蔵庫に入れてある氷を割って、二つの〝やかん〟に氷水を作ってこい」と、私は言った。

「先生、スポーツドリンクとは何ですか？」と、竹林が言った。部員達が顔を見合わせざわつき始めた。新しく耳にする言葉だ。

この日、午前中、製薬会社の営業マンが、新発売したという飲料水の粉末サンプルを持ってきた。営業マンはその時この粉末を「スポーツドリンク」と説明をした。私は部員達に言葉の受け売りをしただけ。

「難しいこと訊くな！　儂にも分からん」と、私は答えた。

この年、某製薬会社が新しい形の飲料水を開発して、キャンペーンを始めた。やがて、この飲料水が恐るべき事に世界中を席巻することに成る。

只、「スポーツドリンク」と言う言葉は、この製薬会社が作り上げた和製英語であるのかどうかは確認していない。

暫らくたって三人が戻って来た。

私はカバンからアルミの袋に入った粉末を取り出し目の前に上げ、「毒薬……又の名をスポーツドリンク」と、たからかに宣言した。その後、袋を破り〝やかん〟に粉末を入れた。

ここから始まる事は、三年生が抜けた後の寂寥感を拭い去るギャグのつもりだった。

「手で混ぜろ！」と、私は竹林に言った。

竹林は〝やかん〟に手を入れようとした。が、少し、手が大きすぎた。

「先生！　手が入りません」と、竹林が答えた。

「吉川、お前の手やったら入る、交代しろ！」私は小柄な吉川に言った。

すると中島が、

「先生汚いですよ！……」と、たまりかねたように言った。

「やっぱり汚いか。兵隊さんは泥水でも飲むらしいけど、あかんか？……中島、すまんけど用務員室へ行き、適当な混ぜる物を取って来てくれ」と、私は命じた。

「ハイ！」と、中島は元気よく返事をし、飛んでいった。

私は戻ってくるまでの間、親父から訊いた戦争の話をした。

「敵の屍と共に寝て、泥水啜り、草をかみ」軍歌の一節を引用して話をした。

「お前達のお爺さんの年代の人達は、戦争に行って戦ったのだ。食料や水が亡くなると泥水をのみ、草を噛んで戦ったのだ。柔道が出来る平和な時代に生まれて、お前らはよかったな」と、私が言った。

するとと浅見が、

「荒井中で練習するより戦争の方が楽です」と、言った。

「お前はアホか？」と、私は思わずそう言ってしまった。

暫くすると中島が、天ぷら用の箸を持って戻って来た。


スポーツドリンクの粉末と氷水を入れた〝やかん〟を箸でかき混ぜさせると、魔法の様に、茶瓶の外側についた水滴の数が増えだした。

それを瀬戸物のコップに注いだ。

「竹林、乾杯の音頭を取れ」と、私は言った。

「ハイ！」と答え立ちあがった。「それではご唱和お願いします。荒井中学校柔道部全国優勝を祈念して、乾杯！」竹林は手慣れていた。酒飲みの親父と酒席の経験が多いのだろう。竹林は実に流暢に音頭を取った。

皆が飲んだ。私も一気に飲んだ。酸味のある薄い塩味のような味が印象的だった。

その時、

「ギャー」……竹林が首を手で押さえ畳の上へ転がった。皆が大声をあげて笑った。

その一連の流れを、告げ口好きな某先生が嗅ぎ出していた。

「毒薬、手で混ぜろ、軍歌、業者との癒着・日の丸は掲げたまま」この五つを、教育現場の問題として取り上げ、市内の組合ガチガチ先生方が、某市議会議員へ伝えた。又、始まった。

反岸本派がすぐに騒めき立ち、岸本追放に向けて動き出した。

津波が教育委員会へ押しよせた。

「岸本君、事情を訊かしてくれ」と、校長が泣くように言う。

校長には罪はない。私は校長が可哀そうになった。

「明日顛末書を出します」と、私は言い、校長を慰めた。

翌日、

「これからは、試供品は受け取りません。衛生には十分に気を付けます。言葉の使い方には気を付けます。軍歌を引用したのは、泥水を飲まなければならないような、悲惨な戦争は二度と繰り返してはならないとの意味からです。日の丸は日本国の象徴です。他意はありません！」

……私は色々と、書いた。

「教育委員会、もっとしっかりしろよ！」と、私は最後に書きたかった。

次年度の目標は兵庫県五連覇、近畿大会優勝！　そして全国優勝だ！

私は、自分を鼓舞しながら新チームをスタートさせた。

(2) 教育ママゴン登場

調べてみるとママゴンと言う言葉は昭和四十年代に作られた言葉で「怪獣のように怖いママ」と言う意味だ。この少し前「教育ママ」と言う言葉が登場したのが始まり。現在は、進化してモンスターペアレンツ(?)。無造作にこんな事を書くと又、何処からかお叱りの声が飛んできそうだ。

九月七日、日曜日、その日は十時から練習を始めた。

新チームになり、先輩がいなくなったと言う寂寥感とは別に、先輩と言う重しが取れた一、二年生部員達は、突っかかるような練習をする様になっていた。……〝手の柔道(ティー)〟これが本領だ!

ところが、道路横に赤い車が止まった。

「バタン!　バタン」……ドアが閉まる音がした。

窓の方を向いた部員達に、どよめきが起こる。

〝ママゴン〟登場!……。

部員達の動きがピタッと止まった。

私は嫌な予感がした。

が、気を取り直し「集中しろ！」と、大声で叫んだ。

「ハイ！」部員達も大声で答えた。

……少し間があった。

暫くして、Mが清涼飲料水の箱を持って入って来た。

「差し入れです」Mは笑いながら私の所へ来た。

母親も重そうにひと箱持ってついて来た。

「お世話になりました」と、母親が頭を下げた。

母親は吹っ切れた様な顔をしていた。私は勘が狂った。

二人を前にして私は言った。

「これから受験勉強だな！　全国大会へ出た分だけ他校生より遅れているからな！　頑張れよ！」と、私はMにエールを送った。

「頑張ります！　有難うございます」と、Mは笑顔で答えた。

その言葉を訊いていた母親は、私の方を見て、ニッコリと微笑んだ。

「分かりゃいいんだ！」と、私は母親に言いたかった。


卒業式が終わり、県立高校の入試、……Mは目標校に見事に合格した。

(3) 体育教師虎の巻

その翌日、県の教育委員会から電話が掛かって来た。相手は兵庫県教育委員会の指導主事を名乗った。

「兵庫県柔道大会四連覇おめでとうございます！　それにしても全国大会は残念でしたね」と、言った。私の目標は全国優勝、何故かその言葉が嫌みに感じられた。

そこへ校長が来た。

「電話を切り替えて校長室で話しをしろ」と、落ち着かない様子で言った。

私は電話を切り替え、校長室へ入った。

「ところで、何の御用ですか？」と、私は電話をしてきた目的について単刀直入に訊いた。次の授業は五〇メートル走の測定、〝ライン引き〟の途中だったので急けていた。

「実は先生にご相談が？」と、指導主事が言った。

「難しい話ですか？　申し訳ありません。私には授業がありますので、詳しい事は校長に話しておいてください」と、答えた。少し無礼な気もしたが、そう言った。

その時、授業開始のチャイムが鳴った。私は受話器をチャイムの方に向け、電話越しに授業の始まりである事を立証した。そして校長に電話を代ってもらい、グラウンドへ走った。

暦の上では既に秋。だが日差しはきつかった。

準備運動とトラック五周のランニングを終えた生徒達は、体育座りで二列横隊に並んで私を待っていた。

五〇メートル走のライン、五コース分は生徒達が奇麗に引いてくれていた。

出席を取り終え、五〇メートル走の役割分担をし、体育委員にストップウォッチを渡した。

先輩教師から様々な授業方法を伝授されていたが、一番に教えられたことは危険の排除、グラウンドには様々な体育用具がある。鉄棒、サッカーゴール、バックネット等々、の経年劣化、同時に生徒の動向にも注意を払わなければならない。

柔道授業とは別の危機管理が必要だ。

私は出発走者の所へ行き、旗振りの立ち位置を注意した。

「スタートラインに近すぎる。走者から離れろ」と、注意した。旗を振り上げた時に目に入る恐れがある。……元来、私は神経質なのだ。

授業が終わり校長室へ行くと、

「岸本君、県教委が体育教師の〝虎の巻〟を作るが、柔道については、君に書いてほしいと言う事だ。君は文章を書きなれているので引き受けときましたよ！」と、校長が笑いながら言った。

「そんな事でしたか、市教委を飛び越して、今度は、県教委からの呼び出しかと、ビビっていました。勿論、書かせて頂きます」と、答えた。

私は正直な話、ホッとした。

私は県教委へ電話を掛け直した。

すると指導主事、

「『岸本君は文章を書きなれているので引き受けてくれるでしょう』と、校長先生が安心させてくれました」と、冗談のように言った。

「校長が文章を書きなれている?といいましたか?」と、私は問い直した。

「文章を書く事に、労をいとわないとも言っておられましたよ」

〝豚もおだてりゃ木に上る〟とは私の事だ。……馬鹿にするな!

「会合はいつありますか?」私はもう編集委員になり切っていた。

「文書を送ります」と、指導主事が答えた。

電話口から指導主事の顔は見えないが、彼の安堵感が伝わって来た。

電話を終え道場へ行った。

手の柔道の一人稽古。

左右の前蹴り百回、ナイハンチ初段から始めて五十四歩の型で終えた（当時の練習日記より）。

〝全国優勝〟を祈願しながら。


その夜、空手道場。

「顛末書を書いた数は日本一？」……ふと思いだした。……苦笑。

さあ、虎の巻。……予定通りに原稿を出さなければ、顛末書の数、日本一の名がすたる。

空手の練習を終え、今度は虎の巻作戦に入った。

〝手の柔道〟の虎の巻ではない。授業用の柔道だ。ああでもない、こうでもない、苦心惨憺、それでも三日程で文章を書き上げた。


後は写真撮影。

私はライターであると同時にカメラマン。

モデルは柔道部員を起用することにした。

道場へ行き、投げ技の撮影を終え、固め技の撮影に入ろうとした。

「袈裟（けさ）固めから始めよう」と、私が言った。

すると、

「チャーン・チャチャチャチャチャチャ・チャーン」……名曲「タブー」、誰かがハミングをし始めた。

竹林が「ちょっとだけよ！」と、畳の上に転んでポーズを取り〝加藤茶〟の真似を始めた。

彼らは瞬く間に、道場をドリフターズの世界にしてしまった。

当時の人気者グループ、分かるかな？


「ボケー……」私は怒鳴った。

実にふざけた奴らだ。

「試合場でもその調子でやれ」そうぼやきながらも、私には笑みがこぼれていた。

写真を写し終え、街の写真屋へいき、現像をして貰った。県の教育委員会へ持っていく原稿は、二週間ほどで仕上がった。


それにしても、県教委はひどい。

フイルム代も、モデルの部員達に食べさせた飯代も、未だに支払ってもらっていない。

唯一つ貰ったのがペリカンの万年筆。

四十年過ぎた今も重宝している。

今度、ペン先を取り換える時には県教委へ請求してみよう。

ちなみに〝虎の巻〟の正式名称は兵庫県中学校保健体育指導資料、表紙の左上には〝教育資料昭和五十五年度第二十三号〟と、記されている。

(4) 次男の事

私の第三子の出産予定日が近付いていた。

「男でも女でもいい、元気で生まれて欲しい」全ての親の、最初の願いは子供の健康、ところが、生まれ出ると少しずつ欲が出てくる。親と言うものはそういうもの。

嫁は出産予定日の前日から入院し、義母が付き添ってくれていた。

授業が終わり、職員室で先輩教師との雑談、

「思春期は大変よ……、我々、中学教師は一番難しい時期の子供達をお預かりしているのですからね。岸本君は偉いわ、大勢のやんちゃな子供達を預かってくれているのですから……」やがて三人目の子供が生まれる私を中心に、話題は盛り上がっていた。

子育ての大変なことは長女の経験から分かっていた。その時から五年程が過ぎ、長女は小学二年生、長男は幼稚園へ通っていた。

そこへ義母から電話がかかってきた。

私は大急ぎで病院へ行った。すると義母が玄関で待ち受けていた。

「男の子ですか？　女の子ですか？」と、私は訊いた。

「男の子よ、でも先生は貴方に話があると言っているわ」と、不安げな表情になった。

院長室へ行くと、

「こちらの部屋へ来てください」と、看護師が呼びに来た。

部屋の中へ入ると次男が清潔な産着にくるまり眠っていた。


「この足を見てください」と主治医が言い、誕生したばかりの次男の右足首を指さした。

「少し内側へ曲がっているでしょう。これが問題！（症名は忘れた）このまま成長すれば一生足を引きずりながら歩かなければなりません。三週間程様子を見て、それで正常にならないようならつぎのことを考えましょう」と、主治医が言った。

瞬間、私の目の前が真っ暗になった。

「何か治療法はないのですか？」と、私はすがりつくように、必死になって訊いた。

「一応包帯で固定をしてみます。運がよければ正常に戻るかも知れませんが、期待はしないでください」と、主治医は突き放すように答えた。

すると、

「浩ちゃん（私の通称）、美千子には黙っておいて」と義母が泣くように言った。

私の頭の中は真っ白になった。

それでも、

「私は運が良ければ？」と言う主治医の言葉に掛ける事にした。

一九八一（昭和五十六）年四月二十四日、次男が誕生した日の出来事。


「絶対治る！」自分にそう言い聞かせた。

一週間程が過ぎると、その自信が少しずつ揺らぎはじめ、それは絶望へと変わって行った。

正常に歩くことも出来ず、スポーツに打ち込むこともできない次男の姿を想像するたびに、私の気持ちは沈み込んでいく。

世界に羽ばたくようにと、「洋平」と言う名前を準備していた。が、それも空しく思えた。

義母と私は、主治医の言葉を誰にも告げず、胸の中にしまいこんでいた。

義母は〝うつ状態〟になり、私には忍従の日々が続いた。


三週間が過ぎた。

主治医が、義母と私を診察室に呼んだ。

私は主治医の口から出てくる次の言葉が怖かった。

主治医は結論から先に言った。

「正常に戻っていますよ！」と、こともなげに言った。

今、息子は四十二歳くらいになったかな？

「喉元過ぎれば熱さを忘れる」と言うが、私は息子の誕生日さえ覚えていない。実に無責任な父親だ。

これから数十年後の話。

私の空手道場に二人のダウン症の子供が入門してきた。

その時、忘れていた次男誕生の時の私の心情を思い出した。せめて、預かった子供達だけでも、私に出来る限りの支援をしようと思うようになった。

(5) 怪　我

一九八一(昭和五十六)年四月、この年も小山、勝江、岩井、三好、中野……有望な新入生が集まってきた(更に私の転勤後、井尾、森本が入部)。

又、天理合宿を終えた二、三年生は、着実に実力を付けていた。

特に二年生の中谷弘は三年生を交えた練習試合、全て一本勝ちと言う、驚異の実績を上げた。

手の柔道部の実績、全国大会四年連続出場、内、準優勝、三位入賞、近畿大会三回優勝……。

荒井中学校をなくしては、全国の中学柔道大会を語れなくなっていた。

五月の半ば頃、新入部員達も乱取り練習に入っていた。

「受け身が完全に出来る様になってからでないと怪我をするので乱取りはさせない」と、言う指導者が殆どだ。が、これは少し違う！　中学デビューの生徒が一〇〇パーセントの荒井中学校は、早く実戦に近い乱取りに慣れさせる必要がある。

私は、一通りの受け身を覚えさせると上級生と乱取りをさせた。因みに乱取りとは、ボクシングで言うスパーリング、〝手〟では自由組手。

不規則な動きの中から技を完成させていく。

新入生の目標は〝二年半後の全国優勝〟。

これが〝手の柔道〟。

そんな練習をしている時、一年生の勝江が顔をゆがめて私の所へ来た。

私はすぐに勝江を車に乗せ、校区にある整形外科へ走った。

「鎖骨骨折！」……医師が二か月の練習禁止を命じた。この時、勝江は悔しそうな顔をした。

治療後ギプスを巻いた勝江を車に乗せ、家へ送った。

母親は〝大島紬〟の職人で、自宅で〝はたおり〟をしていた。

「柔道に怪我は付き物です。御心配をおかけしました」と、母親はやんわりと言った。〝手〟の達人の域。

その言葉が身に染みた。

「絶対に強くしてやる」と、私はその時、思った。

〝大島紬〟は「織り上がった一反に人柄が現れる」と、母親が教えてくれた。

心魂込めて機織りをする。……まるで求道者。

「一人ひとりをもっともっと、大切に育てなければならない」と、私は再認識した。

母親の弟は川上武と言い、沖縄高校（現沖縄尚学高校）の出身者。一九七四年に私が〝手〟の修行を始めた翌年に沖縄高校の真喜志先生に預けたという経緯がある。

(6) ストリートファイト

私は小柄な所為か？　よく喧嘩を売られた。

勿論、売られた喧嘩は買った！

若気の至りとお許しください。

一九八一（昭和五十六）年七月三十一日、精道中学校で行われた県大会の決勝戦は小野中学校と対戦、三対一の大差で勝ち、全国大会五年連続出場が決まった。

八月十日、旧京都武徳殿で行われた近畿大会でも優勝した！……荒井中学校は勢いづいていた。

全国大会は八月十八日、日本武道館。

今年こそ全国優勝！　私は近畿大会優勝の勢いを持続させるため、急遽三泊四日の合宿を計画した。

そして、合宿二日目の夜。夕食を終え、生徒達と宿舎代わりの教室で雑談をしているところへ田水会長がやってきた。

「先生、今日の空手道場の練習は無事終わりました」と、私に伝えに来てくれた。

その後、田水会長が、

「先生、今から外へ出ませんか？　TとNの事でお話をすることが有ります」と、言った。

道場生を引き連れて出て行った裏切り者達。

私は生徒達に対する心配があったが、チームワークを作るために必要な自由時間だ。と、身勝手な解釈をし、

「会長、美味い酒を奢ってください」と、私は誘いに乗った。

歩きながら話をした。真夏だが体を包み込むような自然の微風、この日の夜風は捨てたものではなかった。

裏切り者の話しになった。

「TとNは前から計画を立て、沖縄のM先生を飾りにして、計画を進めた様です。引き抜きは、道場に置いてある名簿を基に連絡したようです」と、教えてくれた。

私は裏切り者に対して腸の煮えくり返る思いがした。

「飲みながら今後の事について話しましょう」と、田水会長は言った。

「いらっしゃいませ!」ドアを開けるとママが挨拶をした。田水会長と私はカウンターの席に座った。

ママがヘネシーのボトルを出してきた。

〝タミズ〟とボトルには書かれてあった。

「岸本先生!」と、親しそうにママが言った。

どこかで見た様な顔だ。が、分からない。田水会長は笑っていた。

「私よ、私!」と、ママが自分の顔を指さしながら言った。

その言葉で気が付いた。クラスの生徒の母親、夏休み前に三者面談をしたばかり。

だが濃い目の化粧が母親を夜の女に変貌させていた。

「女の人は化粧をすると変わりますからね」と、田水会長が笑いながら言った。

「その言いぐさは何よ!」と、怒ったように言った。

田水先生と私は、ヘネシーの水割りを注文した。

空手道場の話をした後、会長の経営する臨床検査センターの話に移った。

「先生、良い人材はおりませんかね？」これが、田水会長のいつもの口癖。

道場の一番最初の弟子、奥濃史郎は高校を卒業すると学費を負担してもらい、大阪の臨床検査技師養成の専門学校へ通学させて貰っていた。

するると、

「うちの息子はどう？　良い子よ、ネ、岸本先生」と、ママは笑いながら言った。

「絶対にいいですよ。只、高校を卒業してからではないと資格が取れないので、先の話になりますけどね」と、私は答えた。

田水先生は、

「それまで待ちます。是非、うちへ来てください。……それでは、息子さんの入社を決めました。入社歓迎の意を込めて、『名月赤木山』を歌います」と、田水会長は笑いながら言った。

カラオケがかかると田水会長はステージに立ち、歌い始めた。

「男心に男が惚れて……」

その時、ガラの悪そうな三人組の客が入って来て、ボックス席に座ると、一人が店内を威嚇するように見回した。

私と視線が合った。

「因縁を付けられる！」と思い、私は視線をそらした。

「意地の筋金……」会長は二番を歌い始めた。

その時「止めろ、へたくそ！」と、その内の一人が叫んだ。

「しずかに聞け！」私は反応してしまった。その瞬間、しまったと思った。が、すでに遅かった。

「なにー……」その男は叫ぶと立ち上がり、私に近づいて来た。

連れの二人も立ち上がった。

「静かにしてください」私は、今度は諌める様に言った。

「止めてください」ママがカウンターから出てきたが、それでは収まりはつかなかった。

「ママ、放っておきなさい」田水会長はそう言うと、笑いながら平然とカラオケを歌い続けていた。


「店に迷惑が掛かるから外へ出て話しをしましょう！」と、私が言った。

そして、私が先に立ち、ドアを開け店の外へ出た。

道を隔てた場所に喫茶店の駐車場があった。

街灯が表情を読み取れるほどに照らし出していた。私は後ろに神経を払いながらゆっくりと歩いた。後蹴り、準備は出来ていた。三人がすなおに付いてくるのが分かった。

駐車場に行き、振り向くと、一人の男はビール瓶を持っていた。

その男は、威嚇するようにブロック塀にビール瓶を叩きつけて割り、凶器に仕立てあげた。

私はいたって冷静。

こんな場面は何度か経験していた。

私は得物をさがした。だが、生憎、周りに得物は無かった。

私は、さり気なく割れたビール瓶を持つ男に近づいた。

そして、

「お前らは三人、私は一人だ」と、トーンを落として言い、左手を出した。

男は躊躇っていた。

「私一人だ」と、言葉を繰り返した。そして左手を前に差し出し、少し前へ出た。

勿論、突いて来た時の心の準備は出来ている。蹴りか？　突きか？……それは分からない。

自然に身体が反応する。

だが、幸い男はすなおにそれに応じた。

私はビール瓶を受け取り、庭の隅に放り投げた。

その時、田水会長とママが店から出て来た。

「会長、任せてください」と、私は言った。

多少の緊張、恐れはない、むしろ楽しかった。……久しぶりの実戦。

三人の男が私を取り囲んだ。

私は左自然体。

待った。

ボス格の男が顔を殴って来た。私は少し下がりながら男の水月(みぞおち)を左足で蹴る。派手な蹴りではない！……が、威力がある。男は崩れ込んだ。

その時、左横の男が殴り掛かって来た。その手を左掌底で捌き、右、正拳を顎に叩き込む。

ほぼ同時、後ろにいた男が、両手を振り回すようにして殴り掛かって来た。

ビール瓶を持っていた男。

私はその男の左手首を掌底で捌きながら掴んで一本背負い。

引手をすこし引き上げ、頭だけは打たないようにしてやった。

が、とどめを刺すために水月を正拳で突いた。


先に倒した二人はすぐに蘇生し立ち上がった。だが、最後に水月を突いた男は立ち上がらなかった。私は背中の方へ回り、足低（足裏）で背中を蹴り、蘇生を試みた。蘇生したのでほっとした。

私は立ち上がった三人の男に、

「失せろ！」と、大きな声で叫んだ。

男達は闇の中へ消えて行ったが、どうも様子がおかしかった。

田水会長が、

「飲み直しましょう」と言い、店の方へ向った。

私は焦った。私はママの傍へ駆け寄り、

「明日支払いに来ます。後の事はお願いします」と、小声で言い、田水先生の手を引いた。

逃げるが勝ち。少し違うかな。

学校へ戻ると生徒達は楽しそうに騒いでいた。

「全員集合！」私は生徒達を呼び集め正座をさせた。

「全国大会が近付いている。早く寝なさい」と、私は真面目な顔を造って言った。少し呂律が回っていなかった。

生徒達はこの矛盾に腹の中では笑っていたのだろう。

だが、大らかな生徒達は素直に教室のフロアーに寝転んだ。

私は事務室へ行き、田水会長の帰りのタクシーを呼んだ。

その時、「ピーポー・ピーポー・ピーポー」救急車の、けたたましい音が夜の街に響いた。

さっきの喧嘩現場の方向。止まった。

その時、学校へタクシーが来た。田水会長は「後の話は、私が付けます」と、言いタクシーに乗り込み帰って行った。

私は生徒達の所へ戻り、横になったが、その夜は眠れなかった。

「又、やってしまった」私は自己嫌悪に陥った。


翌日の夕方、田水会長が学校へ来た。

「食事でもご一緒に！」と、私は誘った。

夕食のメインは〝サバの味噌煮〟……昼間、近くの魚屋へ行き仕入れたもの。

魚屋の息子、大西は柔道部の卒業生で国士舘大学へ行っていた。

私は食事二人分を体育教官室へ持ってこさせた。


「先生、流石ですね！　久しぶりにストレスの発散が出来ました」と、田水会長が私に言った。

「すみません。迷惑を掛けました」と、私は頭を掻いた。私の危ない性格は、教師になっても治っていなかった。

「ママが、救急車を呼んだそうです」と、田水会長が言った。

「相手は誰ですかね？　怪我をしたのではないでしょうか？」と、私は訊いた。

「あの後、店に警察官が来て、被害状況を訊かれ、今朝、警察へ行き改めて詳しく被害状況を話してきたようです。三人には怪我は無かったようですが、驚いたことに一人は指名手配犯だったそうですよ」と、田水会長は言った。

「教員が三人相手に大乱闘！」私の頭の中に、新聞の見出しが飛び交っていた。

その時、宿直代行員さんが教官室へ入って来た。

「先生、もうすぐ全国大会でしょう。今夜は出かけないでくださいね」と、私をとがめる様に言った。

「すみません。ばれていましたか？」私は頭を掻きながら謝り、冷蔵庫から口止め用のビールを取り出し、代行員さんに差し出した。

一九八一（昭和五十六）年八月、この年の第十二回全国中学校柔道大会は日本武道館で行われた。

この会場は一九六四年の東京オリンピックの為に作られた柔道会場だ。

私が高校生時代、自宅謹慎中にテレビ越しに柔道の試合を見た懐かしい会場だ。

それからは十七年の歳月が過ぎていた。

私は興奮していた。……大きなミスをしてしまった。

「日本武道館は東京オリンピックの為に作られた会場だ。ここで試合が出来るだけでも幸せだ！」と、私は興奮して生徒達に言った。

ところが、

「ここで試合出来るだけでも幸せだ！」この言葉が、生徒達に負のスパイラルを与えた事に気がつかなかった。

予選リーグは、高知の中村中学校と佐賀の大和中学校。ところが荒井中学校の選手達は皆凍り付いたように動きが悪かった。

「ここで試合が出来るだけでも幸せだ！」……私の言葉が呪縛になり選手達に絡みついていた。

地力でどうにか二校を破ることが出来たが、
決勝トーナメント一回戦。

対戦相手、埼玉代表、三芳東中学校。……彼らは全員が上り調子。

先鋒、次鋒、中堅、副将、大将。敵ながら見事な戦いぶり、それぞれが持ち場を守り戦っていた。悲しい事に終わって見ると荒井中学校は二対一で破れていた。

「ここで試合が出来るだけでも幸せだ！」生徒達は、私の一言で日本武道館の雰囲気に飲み込まれてしまった。

「この会場はお前達の為に設えられた会場だ！」とでも、言っておけば良かった。

今でもそう思う。


近畿大会は荒井中学校が優勝した。決勝戦で荒井中学校が破った奈良県の香芝中学校は、全国大会では決勝戦まで勝ち上がり、東京代表の弦巻中学校と戦い、三対二で敗れたが、実力を出し切っていた。監督の言葉一つで生徒達は変わる。その事は分かっていたはずだ。


閉会式。

「次年度、第十三回全国中学校柔道大会は群馬県渋川市総合公園体育館で行います」と、最後に司会が通告した。

第11章　異動

（1）校区外通学

九月一日、二学期の始まりの日。

ホームルームが終わり、一、二年生柔道部員達が道場へ集まって来た。

三年生は竹林だけが練習に参加した。彼は柔道の名門、天理高校への進学を希望しており、普段の練習が欠かせない。

二年生エースの中谷弘は、身長一八〇センチ、体重一〇五キロの巨漢に成長していた。運動能力も高く、急成長を続ける彼と同じ学年では同等レベルの練習相手がいなかった。

その意味では竹林の存在は有難かった。


吉政と中谷と長野が転校生の魚住を伴い道場へ来た。

「何をしていたんですか？　担任が道場へ来ているのに、随分、貴方達は偉くなったものですね」と、私は皮肉った。……四人の担任は私。

「トイレが混んでいました」と、中谷が言った。

三年生が引退後の、最初の練習の雰囲気を盛り上げようと思い、いじってみたが見事にかわされた。

全員が揃ったので、道場正面の〝日の丸〟の下に部員達を集合させた。いつもと同じパターンだが、部員数が少なくなった分、拍子抜けの感は拭いきれない。

「黙想」……「礼」「お願いします」荒井中学校柔道部の、いつもの形通りの練習の始まり、この日からは吉政が指揮を執ることになった。

「自己紹介をしなさい」私は転校生の魚住を立たせた。

「ハイ！」大きな声で返事をして魚住が立ち上がる。皆が度肝を抜かれた。この声で、魚住は十分に存在感を示した。

「僕は、荒井中学校の柔道部に憧れて明石の大蔵中学校から転校してきました魚住和充です。よろしくお願いします」皆、彼の大声に呆気にとられた。そう言う意味では荒井中学校の生徒達はおっとりとして、勝負に必要な〝気合い〟に欠けるところがあった。

　私は抱負を語った。

「来年こそ全国優勝！……あと一年。死に物狂いで頑張ろう。それから、勉強もおろそかにするな！」

　すると異変が起こった。
二、三人が顔を見合わせて笑った。
「笑うな！」と、私は怒鳴った。すると、今度は全員が笑った。

「笑うな！」……。

すると、
一人の部員が手を挙げた。

「何だ？　文句があるのか？」

「先生は以前、『勉強しなくてもいいから柔道だけをしろ』と、言いました」と、そう答えた。

そこへ、竹林が立ち上がった。

「僕が柔道部へ入る時、先輩からも聞きました」

勉強をしなくてもいい！……荒井中学校柔道部の妙な神話が出来上がっていた。

魚住が不思議そうな顔をして、このやり取りを訊いていた。

「止めてくれ、それでなくても教育委員会の受けが悪いのに！」と、私は思った。が、確かにそういうことを言った覚えはある。

奴らは、都合のいい事だけ記憶に残す手ごわい奴らだ。

こうして荒井中学校柔道部の新チームが全国優勝を目指してスタートを切った。

その時、

「岸本先生、事務室迄お帰りください」……校内放送。

悪い予感がした。

「私が帰るまで乱取りはさせるな！」と、私は竹林に指示をした。

彼が、転校生の魚住の腕試しをしないかとの心配があった。

「校長先生が呼んでおられます」と、事務長が言った。

私は校長室へ行った。

魚住の事だろうと思っていた。案の定、

「岸本君、転校生の魚住君は山陽電車で明石から通っているそうだな？」

「エッ！　そうですか？　栗原さんの家から通学していると聞いていましたが？」

……私は惚けた。その後、立ち上がり職員室へ行き、調査書を取って来た。

「校長先生、やはり荒井町です。何処からの問い合わせですか」と、調査書を見せながら訊いた。

「教育委員会が例の市議会議員に問われて儂のとこへ回ってきたんや」

「教育委員会も阿保と違いますか？　この調査書を見せてやったらどうですか？」と、私は言った。

柔道の名門と言われる学校では、越境入学は常識的に行われ、有望選手を引き抜いていると、聞いていた。

とはいうものの、不安が出てきた。明石から通っているのは事実だし、山陽電車高砂駅から学校までの三、五キロを、トレーニング代わりに走って通学しろ、と言ったのも確かだ。

私は魚住の父親に電話をした。

すると、

「文句を言っているのは教育委員会ですね！　私が話して来ます」と、答えた。

後日談。

魚住さんは教育委員会へいき、直談判をしたそうだ。

「教育長は、家の息子が荒井中学校へ通うことにクレームをつけておられるらしいですが？

……どういう理由からですか？」

「それはそのー……ちょっとお待ちください」教育長は口籠り、担当を呼んだそうだ。

「教育長、市が転入の手続きを受け付けると自動的に校区が決まるのです」と、担当者は答えたようだ。

「でしょう！　教育長、ご迷惑をお掛けしました。何かございましたら直ぐに、私の会社までご連絡ください」と、言い、魚住さんは名刺を差し出し、帰って来たそうだ。

〝特色ある学校づくり〟が言われて久しいが、教育の充実は、教師の資質に負う所が多い。これは、昔も今も、不変のもの。

中国の諺〝孟母三遷〟、教育にはその子供に応じた教育環境が必要なことは言うまでもない。

(2) ティージクン（正拳）シメー（締め）

〝攻撃こそ最大の防御なり〟

しかし、全国優勝を目指す強豪校には、攻撃一辺倒では通用しない。

幸い、荒井中学校には中谷弘と言う超弩級の選手が育っていた。

他の者は引き分けで良い、失点をしなければいいのだ！

「人を見て法を解け！」私は、松田先生の教えを念頭に置き、指導を続けた。

坂田、坂本、長野、彼らの性格は田舎の〝ボンボン〟……おっとりとした彼らには、強い相手に対して、先手一辺倒では無理がある。

そこで〝ティージクンシメー〟……教える事にした。

「両手を前に出し軽く握れ！」

いいか、

「私が手を叩いたら、握った手を、肘関節を伸ばしながら、力いっぱい握るんだ！」内地の空手では正拳突きと言うのかな？だが、それとは少し違う。

〝ティージクン（正拳）のシメー（締め）〟だ。……私は何度も繰り返させた。

その後、二人組になり、取り（仕掛ける方）と受け（仕掛けられる側）を決めてやらせた。

取りが技を仕掛ける。それをティージクンシメーで、反撃。

〝手に先手なし〟……大和言葉で〝後の先〟。

私の〝ティー（手）の柔道〟……その頃になると全国の中学校のチームを凌駕し、その技法を、日本、いや世界の指導者が真似る様になっていた。

余談。

「姫路出身の柔道家、栗原民雄先生（大日本武徳会武術専門学校第五期生）は、拳で脇腹を突くようにして相手の技を封じ、天覧試合で優勝をした」と、籠谷幸夫先生から訊いたことが有る。

〝ティージクン〟。……松田先生から、その技の応用を教えて頂いた時、私は籠谷先生の話を思い出した。

又、木村政彦と言う、日本柔道史最強の柔道家、と言われる伝説的人物の強さを探ったことが有る。

何人かの、拓殖大学ＯＢ達から先生の柔道について話を訊き、本を読み、先生の柔道を分析した。

拓大の教え子達は一様に、

「先生の手足が鉄の棒の様に硬かった」と、口にした。

本には「庭の樹が枯れるまで〝大外刈り〟を掛けた」「巻き藁を突いた」と、記してあった。

〝ルーシミリー（体固め）〟……〝手(ティー)〟は全身を鉄の様に鍛え上げる。

巻き藁は〝ティージクン・シメー〟……機会があれば師範しましょう。

只、〝ルーシミリー〟は、発育途中にある中学生に教えるのには少し早すぎる。

又、私が懸念することは、〝ルーシミリー〟の普及により、柔道そのものが変わってしまうということだ。

嘉納治五郎先生が体育としての柔道を創り上げる時の、柔術秘伝の技を取り除くための苦労を感じた。

（3）西日本少年柔道大会

一九八一年十一月二十三日、広島県廿日市市スポーツセンター。

この大会は西日本少年柔道大会とは言うものの、参加校のエリアは広く、全国各地から小、中学生チームが参加する大きな規模の大会だ。

只、小学生は学校単位ではなく、道場単位でチームを作り、三、四年生の部、五、六年生の部、団体戦、それから個人戦と細分化され実施される。

この大会で中学校の監督達は、小学生の有望選手をチェックした。

中学校の部、毎年、荒井中学校はこの時期ではまだ技術が伴わない。この年も一回戦で敗退した。

大会が終わると練習試合が始まる。この大会への参加の私の狙いは実は、この練習試合にあった。

九州には、各県一校しか出場できない全国大会の、陰に隠れた山ほどの強豪校がひしめいている。

だがこの年だけは九州で鍛え上げられた福岡県の名門、花畑中学校に狙いを定めていた。私は監督の樋口秀實先生をさがした。

ところが、先に、樋口先生が私を見つけた。

「岸本先生、中谷弘は良い選手ですね」と、言い、練習試合を申し込んで来た。

最初は二年生全員で試合をさせた。部員が十三名の荒井中学校に人数を合わせてくれた。ところが十二対一、中谷の一勝をのけて全員が負けた。

今度は七人に絞った。

六対一、中谷は勝ったが後は全滅。

「馬鹿野郎！」私は選手を集めて怒鳴りつけた。

すると、その反応がすぐに現れた。彼らは〝掌底、手刀による組み勝ち先手〟〝ティージクン（正拳）のシメー（締め）〟……使い分けが出来るようになった。

二回戦目、二対四、一引き分け、中谷と坂田が勝ち、坂本が引き分けた。

三回戦目、二対四、一引き分け、花畑中学校の勝ち。中谷と坂本が勝ち坂田が引き分けた。

四回戦目、二対二、三引き分け、中谷と坂田が勝ち、松本、坂本、長野が引き分けをした。

荒井中学校の柔道部員の急激な進化が始まる。

試合を重ねるごとに、その差が縮まっていった。

樋口先生は黙って腕組みをして見ていた。


夕暮れが近付いて来たので私は、練習試合を終えて貰おうと思った。

ところが、

「先生、最後に中谷君と鎌苅を、二、三回試合をさせて貰えませんか？」と、樋口先生が訊いた。勿論、私に異論は無い。このチームの房前と鎌苅が気になった。

鎌苅は中学二年生になってから柔道を始めたそうだ。その意味では中谷の方が、柔道歴が一年長い。

二回とも、中谷が勝った。すると樋口先生は意地になり何度も何度も試合をさせた。

鎌苅は、必死になり中谷に食らいついていた。
五、六回程試合をしたかな？　終ると樋口先生は、
「鎌苅は中学校を卒業したら大相撲に行かせます。彼の性分は相撲の方が合っています。柔道は生徒指導を兼ねて、相撲取りになるまでの補助トレーニングです」と、笑いながら話した。

この年、荒井中学校は〝安芸の宮島〟で泊まった。生徒達は生き生きとして、商店街の明か

りの中、土産物のしゃもじとモミジ饅頭を手にして、走り回っていた。

翌朝、私は一人で厳島神社へ参拝に行った。

宿舎へ戻る時、朝日を浴びて紅葉が光り輝いていたのが印象的だった。

(4) 学校の番犬

この年の終わりの頃、学校の周りに変質的で凶暴な男が出没し、学校を騒がせていた。

最初、この男は前から歩いて行き、女子生徒にわざと身体を接触させ、逃げる女子生徒を見て喜んでいた。

生徒達は怖いので通学路を変えて登校するようになった。

すると、男は変えた通学路に出没するようになった。

私は朝練習の時間を取り崩し、男をさがしていたが見つける事ができなかった。その日、二時間目の授業を終え教官室で本を読んでいた時、

「バリバリバリバリバリ……」グラウンドから、割れるようなけたたましい音が聞こえてきた。

私はグラウンドへ飛び出した。

なんと、ラジコンカーがグラウンド中を所せましと走り回っていた。

「バリバリバリバリバリ……」

私は辺りを見回した。すると、グラウンドにある砂場の横のフェンス越しに、操縦者の姿が見えた。

生徒達から訊いていた風体から、通学路に進出する変態男だと思った。

同時に私はグラウンドを走っていた。

その変態男にとっては予想外の事が始まった。

「やかましい！」近くまで行き、変態男を怒鳴りつけた。

すると男は、怪訝そうな顔をして、ラジコンカーをフェンス近くまで戻した。

私はラジコンカーをすかさず蹴った。

「壊してしまうぞ！……」言葉は後から出た。私は男の顔をにらみながら今度はラジコンカーを踏みつけるふりをした。

「なに！……」男は叫ぶなり、一五〇センチ程あるフェンスに両手を掛け、軽々と飛び越えてグラウンドに入って来た。

私はラジコンカーを今度は軽く蹴り挑発した。

男は逆上し、殴り掛かって来た。

これが男の大失敗！……哀れな男だ。

私の身体は即座に反応、背負い体落とし！

男の左手を掴み、鉄棒の横にある、砂場の上へ叩きつけた。

男はたちあがると又、殴り掛かって来た。今度は足払い。

「この際、とことん痛めつけておいてやろう」と、思い、倒れた男の上に馬乗りになり、「ほら、どうした、掛かってこい」と言い、ビンタを数発、食らわしてやった。

その時、

「岸本先生ーー！」生徒達の声、振り向くと、校舎の渡り廊下には生徒達の人垣ができていた。竹林が懸命に手を振っていた。それにつられ他の生徒達も歓声を上げ、手を振っていた。生徒は増え続け、渡り廊下は満杯になった。

「しまった！」……授業終了のチャイムが聞こえていなかった。

私は、男の首筋を掴んで立たせ、

「ラジコンカーを持て！」と、命令した。

男はラジコンカーとコントローラを両手に抱え、素直に私に従った。

「わー！」生徒達の間に歓声が上がった。

体育教官室につれて行き男を正座させた。

「生徒に仕返しでもされたらたまったものじゃない。かましを入れておこう」私はそう思った。

「今度、生徒に手を出したら半殺しにするぞ！」私は両手で男の両襟を掴み、軽く締め上げげた。

「分かったか……」

「ゴホッゴホッ、すっ、すみません」

「学校を舐めたらあかんぞ！」と、言いながら、今度はビンタを数発、見舞ってやった。

それから、三十分ほど説教をして男を解放した。

その後、私の心理が変化し始めた。

「事が公になれば、全国優勝どころの騒ぎじゃない！」心理的な変化が生じてきた。


出張から戻って来た校長に呼ばれた。

「岸本君、君は何をしてくれたのだ。暴力はいかんよ、警察沙汰にでもなったらどうするのだ。事の次第を話してくれ」と、校長は困惑したように言った。

私は説明をしようとしたが、上手く話すことが出来ない、常識的にあり得ない展開だ。

「すみません。顛末書を書いて明日、提出します」と、私は言った。

その夜、私は経緯を思い出しながら、懸命に顛末書を書いた。

「行き過ぎた行動をとり、申し訳ございませんでした」と、最後に書き、顛末書を締めくくった。


一週間程が過ぎた頃。

「助けてー」グラウンド横の道路を、髪を振り乱して駆ける半裸の女性が見えた。

ラジコンカーの男！

私は反応した。

「待てー」私は叫ぶと同時に走り始めていた。フェンスに手をかけ飛び越え道路に飛び降りた。

「殺すぞー」男が怒声をあげながら、その女性を包丁を振り上げて追いかけていた。

女性に追いついた男は、包丁を持つ手と反対の手で、髪の毛を鷲掴みにした。

「ヤメロー」私は声を限りに叫んだ。

男は私の方を振り向いた。私に気づいた。すると女の髪を掴んでいた手を離し、逃げ出した。

「ウーウーウー」その時、パトカーのサイレン。

「ウー」……パトカーが止まった。

パトカーから降りて来た警察官に女性は無事に保護された。

近所に住む人々が集まって来た。

私はいずれにせよ、この男の件で警察署から呼び出しがあるだろうと覚悟をし「授業がありますので」と、申し開きをして、その場を立ち去った。


翌日、私は校長室へ呼ばれた。

「岸本君、今、警察署から戻って来たところだ。君の書いた顛末書が有ったので助かったよ。先日の事件と合わせて事情聴取に応じてきた処だ」と、安心したように話した。

「ところで、話は変わるが、高砂署の警察官が学校へ柔道部の指導に来てくれているらしいな」と、校長が訊いた。

「校長先生、すみません。報告をしようと思っていたところです。実は、私も高砂署へ行き、逮捕術の指導のお手伝いをしています」と、答えた。

私は高砂署担当の指導教官からの要請で、逮捕術指導の助手を務めていた。

「それよりも、教育委員会を何とかしてください。男の事は報告していたのでしょう」と言った。通学路の管理責任は学校にあるが、教育委員会にも責任がある。

日の丸掲揚や軍歌、水浴び等々。日教組や、市議会への対応だけに追われる教育委員会の姿勢が腹立たしかった。校長も立場上、私をかばう訳にはいかない。

その日、初めて校長は私に笑顔を見せた。

「まだ、教育委員会にはラジコンカーの説明はしていないが、昨日の事と合わせ、今から報告をして来る」と、校長は手柄を立てたように、生き生きとして言った。

が、その時、私は教育委員会の強烈な報復？が迫っている事を、まだ分からなかった。

⑸　義士祭とバラ祭り

十二月十四日、赤穂義士祭柔道大会。

赤穂義士祭は日本国中に鳴り響く有名祭りだが、柔道大会は、この祭りの一環の行事として行われていた。又、この大会は同一校、複数チームの出場が可能な稀有な大会。私は全員に腕試しをさせてやりたいので、荒井中学校は毎年複数チームを出場させていた。

電車を姫路駅で赤穂行に乗り換えた。相生駅で一分間ほど停車をし、三十分ほどで赤穂駅へ到着する。町は祭り見物の人々で溢れかえっていた。

「先生、すごい人出ですね」と、トドル・ムラデノフが言った。トドルはブルガリア人で、高砂市に工場がある企業へ研修に来ていた。

三月程前に日本へ来て、人伝に聞いたのが、私の空手道場だった。

その日は、赤穂義士祭と柔道大会を見学の為に、私と同行していた。

最初に道場へ来た日、トドルが自己紹介をした。

そして、土産物の香水をくれた。

「私は、首都ソフィアの近郊の町に住んでいます。両親は『バラの谷』に住んでおり、私はそこで育ちました。世界一のバラの産地です……」と、自分の故郷を誇らしげに語った。

バラの谷に住む彼の両親が作った香水だと言った。私は小さなガラスの瓶を開け、匂いを嗅いだ。勿論、私に香水の匂いなど分かるわけが無い。

試合は播州地方から二十チーム程が集まっていたが、予想通り、荒井中学校が一位から三位までを独占した。

この頃になると全員が実力を付け、播州地方では他校を完全に引き離していた。

表彰式が終わり大会本部へトドルを連れ、お礼の挨拶に行った。

すると、

「岸本さん、いい匂いがしますねー」と、役員の一人が言った。

「エー？」

「おしゃれですね、何の香水ですか？」

「大監督ともなると違うなー。魚町のお嬢さんの香りですね」

本部席の役員達が私を茶化した。

私はトドルの方を振り向いた。

すると、

「その香水は私がプレゼントしました。私のお母さんが作りました」と、トドルが言った。

「貴方も柔道をしているのですか？」と、役員の一人が訊いた。

それはそうだろう。トドルは二メートル近い背の高さがあり体格もよかった。

「いいえ、岸本先生に空手を習っています」と、トドルが答えた。

「エッ、岸本さんは、空手も教えているのですか？」と役員が私に訊いた。

ばれてしまった。副業のようにとらえられるのが恐いので誤解されないために言った。

「空手は空手でも〝手〟です」と、私は笑いながら答えた。

本部席は香水と〝手〟で盛り上がった。

その時、吉政が来た。

「全員集合しました！」と、怒ったような声、

「しょうもない話をしている場合ではない」と言いたげそうな顔をしていた。彼らには試合より大切な祭り見物、貴重な時間が控えている。

こいつらは試合よりも祭りが大事！

時間をすり減らす私の悪口でも言っていたのだろう。

そういう意味では、生徒にとって私は気配りの出来ない男だ。慌てて私は、役員に、再度礼を言い、その場を去った。


「今から自由行動だ。万引きをするな！　喧嘩をするな！　小遣いを忘れたものはいないか？　四時半に駅前に集合！　遅れたものは歩いて荒井迄帰ってこい！……」手短に指示をして、生徒達を解放した。生徒達は二、三名ずつのグループに分かれると、浮足立ったように、祭りの人込みの中にまぎれ込んで行った。


私とトドルは忠臣蔵の行列の見える焼きそば屋台に陣取った。

その時、

「コンチ？……」後ろから聞いたような声が聞こえた。

「エッ」大学時代の私の愛称だ。私は振り向いた。

「コンチ！……」再び聞こえた。見るとテキ屋の奈々さん、私は驚いた。

「ご無沙汰しています」と、私はびっくりしたように答えた。

「お元気そうね」と、奈々さんが言った。

「親父さんはお元気ですか？」私は、気になっていたことを訊くと、

「お父さんは五年前に亡くなったわ」と、奈々さんは答え、寂しそうな顔をした。

「不義理をして申し訳ありません」と、私は詫びた。だが奈々さんはそれに答えず、

「今何をしているの？」と、私に聞いた。

「中学教師です」

「貴方が教師？……お連れさんは？」

「私はトドル・ムラデノフと言います。ブルガリアから技術研修の為に日本へ来ました」と答えた。

「えっ、ブルガリアの人？　珍しいわね。じゃっ、バラの谷を知っている」と奈々さんが驚いたように言った。

「勿論です。私はバラの谷の中心街、カザンラクからやってきました」と、トドルが答えた。

「奈々さん。この匂い分かりますか？」と言い、私は奈々さんに手首を近づけた。

「あらっ！　バラの匂い。コンチがどうして……」

「トドルのお土産です。彼のお母さんが自分で育てたバラの花びらを集めて作ったそうです」

と、彼の代わりに説明をした。

　すると、

「バラ祭りがあるって聞いたけど本当？」と、奈々さんがトドルに訊いた。その目が輝いてい

た。

丁度、その時、

「姉さん、私が見回ってきますからゆっくりお話ししてください」、若い衆が赤ワインとたこ焼きを持って来た。

「ありがとう、お願いするわ。足りない物がないか、全体をよく見てね」と奈々さんは若い衆に指示をした。その喋り方は、以前にもまして風格があった。

「去年から応援に来ているの」と私に説明をし、「トドルさんバラ祭りについて教えて」と、奈々さんが話題を変えた。私もバラ祭りについて興味が湧いて来た。

すると、

「バラ祭りには、たこ焼き屋さんはありませんが、素敵な出店が一杯並んでいます。それからバラ摘みもあります。終わった後は民族舞踊や、皆で手を繋いでフォークダンスを踊ります。汗をかくとローズウォーターを飲みます。楽しいですよ」そう話をするトドルの顔は、自分の故郷、ブルガリアのバラの谷を思い出しているように見えた。

「年が明けたら仕事でパリへ行くの。ついでにバラの谷へ寄って来るわ。是非、御両親を紹介して！」と、奈々さんはトドルに言った。

「良いですよ。是非、会ってやってください。ですが、バラ祭りは五月ですよ」と、トドルが言った。

「バラ祭りじゃなくてもいいの。カザンラクの街並みを歩いてみたいの。どんな出店が似合うか？　私の感性を鍛えて来るわ」と、奈々さんが言った。

「感性だけじゃなく、今度、バラ祭りに参加しましょう。岸本先生はそこで〝ティー（手）と古武術〟の演武をしてください」と、トドルが言った。

「〝ティーと古武術〟？　それ何？」……奈々さんは理解に苦しんでいた。

話は尽きなかった。


午後四時になった。人でごった返す赤穂駅前。

荒井中学校柔道部の生徒達は三々五々集まって来た。


後日談。

一九九三（平成五）年八月。

第二十四回全国中学校柔道大会が高砂市総合運動公園体育館で開催された。

私は、この大会の裏方の全てを任された。

総合運動公園に設えられたカラフルな十三個のテント村。

休憩所、柔道グッズ、Tシャツ、たこ焼き、人形焼……。

全国各地からの訪問者を温かく迎える事が出来た。

第二十四全国中学校柔道大会、柔道祭り？……。

会場設営のヒントは奈々さんから貰った。

（6）更なる進化

年が明けた。

性格、体格、運動能力に合わせた指導。

〝掌底〟〝手刀〟……先手必勝、止むことのない攻撃。

〝ティージクンシメー（正拳と締め）〟……後の先、何処からでもかかってこい。

〝琉球のティー（手）と柔道の融合〟……日増しに荒井中学校柔道部員は力量を上げていく。


ふと思った。

「この子達を兵庫県の高校チームに入れたらどれくらいまで戦えるだろう？」

さっそく腕試し、県立加古川東高等学校の監督、常深進次郎先生に電話をした。

常深先生は大学卒業後、二年間、マレーシアへ柔道教師と派遣、帰国後、私の住んでいた県営住宅の前にある、県立松陽高校定時制で勤務をしており、その頃から交友関係が始まった。

加古川東高は、旧制、加古川中学校から続く、兵庫県有数の公立進学校。

その時、荒井中学校の最初の全国大会出場チームの一員、脇谷政孝は加古川東高に進学、常深先生の指導の下、兵庫県を代表し栃木国体に出場した。その後、天理大学へ進学し、中学教師を目指していた。

この年、加古川東高は東播地区の新人戦で団体優勝をしていた。又、県の新人戦では破れてはいたが、優勝校と何ら遜色のないチームに仕上がっていた。

常深先生は気軽に引き受けてくれた。


三月、初めの日曜日。

私は生徒達を連れ、加古川東校へ行った。

二階にある柔道場は昇段試験の会場でもあり、東播地区の中学生にとって、加古川東高は黒帯になるための登竜門でもあった。


最初五人戦で胸を借りた。

中谷が一本勝ちをしたが他は引き分け。

中谷が一本を取った相手は兵庫県高等学校重量級のエース、松本。

メンバーを変え、数回、胸を借りた。

〝掌底〟と〝ティージクンシメー〟……取るべきところは取り、負けそうな相手には引き分け。

〝手の柔道〟は中学デビューの荒井中学校の生徒達に、確実に実力を付けさせていた。

その後、中谷は松本の胸を借りることにした。

中学生では中谷は誰も相手が出来る者がいない。

松本、一二五キロ。対する中谷、一〇五キロ。怪我をされたら困ると思う心配も有ったが、力を試してやりたいと言う気持ちが勝っていた。

勝負が始まった。

組むなり、いきなり中谷が内股を掛けた。

松本は兵庫県高校の重量級の上位クラス。

「一本！」

常深先生が驚いたような顔をした。それはそうだ。相手はまだ中学二年生。

「もう一回やりましょう！」と、常深先生が言った。私に異論などあろうはずがない。

「遠慮するな！」礼をして前へ出た松本へ、常深先生が大声で気合を入れた。

二人は組もうとした。この時、中谷は左掌底で松本の右手を捌きながら奥襟を掴み、瞬時、松本の引手を取ると、左大外刈を掛けた。

「一本！」

数回同じことを繰り返した。

「あかん、中谷は化け物や！」と、常深先生は呟いた。

荒井中学校の勢いは止まらない。

〝手の柔道〟

部員のそれぞれが自分の個性、特徴を生かした柔道を確実に身につけていた。

中谷を除けば皆、決して、運動能力の高い選手ではない。

〝手の柔道〟との出会いが無ければ、何の変哲もない選手で終っていただろう。

毎年の事ではあるが春になると荒井中学校は、全国的にも名を馳せる様になって行った。


春休みがきた。

恒例の天理で行われる錬成合宿は、その年三月二十六日から二十七日迄の二泊三日で天理高校第二道場を中心に行われた。

その年の全国大会優勝校が予想出来る全国各地から強豪校が集う練習試合だ。

参加校、百数十校が応援団を設えて集まってくる。

その雑多な人々の集団は、まるで戦国時代の合戦の趣があった。

荒井中学校は次から次へと挑戦を受けた。が、全てを退けていった。

「岸本先生、中谷君もいいですが、坂田、長野、坂本君は重厚な柔道をしますね。吉政君の組手は特徴があります。魚住君は少し柔道が違いますね」皆がそれぞれに評価をした。

監督達は情報収集をしながら、個々の生徒の分析に入っていく。

そして、いつものように私に質問が飛ぶ。

その時、私は、

「先手、後の先、先の先、中学デビューの生徒達は性格の見極めから始めます」と、中学デビューの生徒達の指導のポイントを少しだけ伝授する。

「小学デビューとの違いは？」と、聞く監督もいた。

ナイハンチの型とは言わない。

「思春期ですよ！」私は、煙に巻くような返事をする事にしていた。


こうして、八年前に投げかけた〝琉球の手〟の、小さな波紋は大きな波紋に広がり、今度は大きな渦に変わり、世界の柔道を巻き込んでいた。


一九八二年三月二十九日、天理合宿から帰った私は生徒達に休暇を与え、職員室で学習指導要録を記入していた。

何気なく校長室の方を見た。

校長室のドアが開いた。

「岸本君、ちょっと」校長が呼んだ。

私は校長室へ入った。

すると校長が言った。

「四月から宝殿中学校へ行ってもらう事になった」と、ぼそぼそと言った。

私の頭の中が真っ白になった。

こうして一九八二（昭和五十七）年三月三十一日付けで、私は荒井中学校柔道部のステージから、降りる事になった。

第12章　捲土重来

(1) 着任

一九八二年四月一日。

私は宝殿中学校へ着任した。

母校でもあり、十二年前、教員になった振り出しの学校でもある。

〝自ら求めて学ぶ〟校庭に立つ、石碑の文字は……昔となんら変わりはない。

生徒数、約千五百名、日本でも有数の大規模校。

私は三十四歳になっていた。


辞令を持ち、校長室へ入ると、中には着任したばかりの教師数名が、緊張の面持ちで座っていた。

その教師達を後目に、突然校長が私に言った。

「岸本さん『新しい道場を建ててやるから頑張れ！』と、教育長からの伝言だ」

「エッ！」

「工事は直ぐに始まりますよ。文部省の研究指定も果たしたし、教師の虎の巻も作ってくれたし、そのご褒美です」と、校長が、これ見よがしに教育長の代弁をした。

「校長先生、いい加減にしてください！」私は思わず叫んでいた。

文部省（文部科学省）から受けた三年間の格技指導推進指定、……その成果を県内体育教師に隈なく伝達する為の柔道指導の〝虎の巻〟。

私は、全国大会に優勝させる事で、格技指導推進指定校としての任務を完結させようと思っていた。

その事は教育委員会には伝えてあり、了承を得ていた。

着任したばかりの教師達は、怪訝そうな顔をして私を見ていた。


私は立ち上がり、校長室を出た。

「岸本君！」重松教頭が後を追いかけて来る。

「落ち着け！　他の教師に示しがつきません」と、言った。そう言われた時、荒井中学校に残した仕事の事を思い出した。私は衝動的な行動をとってしまうことが多々あるが、この行動も潜在意識がそうさせていたに違いない。

その意味では、私は未だに野生児。

辻褄を合わせる為、

「校長室に戻ってなにをするのですか？　今から年休を頂きます」と、私は答え、教頭の制止を振り切った。

荒井中学校へ行った。

まだ、一日しかたたない。

しかし、校門を入ると昨日まで勤務していた学校が、妙に懐かしく感じられた。

もう私の学校ではない。

職員室へ入り、澤井先生の所へ行った。

彼女は格技教育推進指定研究の相方で、思春期の女子生徒の指導が上手かった。

机上整理をしていた澤井先生に、

「指導要録を取って来てもらえませんか？」と、小さな声で言った。指導要録は校長室の大金庫の中に入っていて、校長が管理をしている。

「どうしたのですか？」

「実は、まだ書き終えていないのです」と、私は頭を掻きながら言った。

「何を？」

「指導要録を書いていないのです」

「もー……ちゃんと仕事をしなさいよ」

「すみません」

「しかし先生は宝殿中学校の教師でしょ！」

「ハイ！」

そこへ国語の杉本先生が来た。

「お久しぶりです。今日は又、何の御用?……」口うるさい女性教師。澤井先生の一の子分だ。

「指導要録をまだ書いてないのですって」と、澤井先生が呆れたような顔をして言った。

「あら、吉政や中谷は三年生に上がれないんだ」と、杉本先生が茶化すように言った。

「一生のお願いです。取ってきてください」と、私は両手を合わせた。

昨日迄のありふれた光景に戻っていた。

すると、

「早く学校へ戻って柔道部を指導しなさい」と、澤井先生が命令口調で言った。

「指導要録は私達が仕上げておきます。出ていけ、出ていけ!」と、杉本先生が言った。

いつも通り、……実は、こうなる事は計算していたのだ。

「ありがとう。よろしく!……」

「後が怖いわよ!」

二人は、私の計略にはまったふりをした。

「借りときます」そう言い残し職員室を出た。肩の荷が下り、教育委員会に対する怒りも幾分、収まったような気がした。

教師として振り出しの頃は古参教師に随分といじめられたが、いつしか私の行動を理解してくれる教師群も出来ていた。

荒井中学校で十二年の歳月が過ぎていた。

柔道場へ行くと、池田、松陰、……私の代わりに着任した、柔道部担当の教師が指導をしていた。

池田先生は二見中学校から転勤、在籍中は私のライバルだった。松陰先生は荒井中学校が初任校。

ベテラン教師と新進気鋭の教師二人。

池田先生が部員達を呼び集めてくれた。

私は集まって来た部員達の顔を見た。全国優勝を目指す彼らの顔は輝いていた。

私は胸が詰まり、

「頑張ってください！」としか、言えなかった。

昨日の今日。私はもう荒井中学校の教師ではなかった。


私は部員達を後目に、早々に道場を出た。

(2) 価値観の違い

宝殿中学校へ戻り、道場へ行き、柔道着に着替えた。

最初、生徒相手に受けに回り、乱取り稽古をした。力量を知るためだ。

三名ほどをこなした頃に汗が出始めた。

四人目からは〝手の柔道〟を使い、私も攻撃をした。

激しい動きが滝のような汗に変わる。

私は宝殿中学校の部員達の力量を体感し、荒井中学校の選手達と比較した。

その時思った。

「素材としては何の遜色もない。いや、むしろ荒井中学校より上だ」

だが、新人戦では荒井中学校に五対〇で敗れていた。

「私がこのチームを率いていたなら、逆になっていただろう」と、そう思った。

私は指導者の責任の重さを再認識した。


監督と、今後の柔道部について話し合った。

年齢は私より少し下。理科の教師。ある試合会場で、「私は柔道は素人だが少林寺拳法二段だ」と、私に話したのを覚えていた。

「先生、三年生は全員が右組ですか？」と、私は訊くと、

「いえ、先生が左組だから右で組んだのでしょう」と、得意げに言った。

「少林寺拳法流柔道ですね」と、私は茶化すように言った。相手に合わせることは、相手を有利にさせる事だ。宝殿中の監督は競技柔道が理解できていないと、思った。

なのに、

「分かりますか、さすが先生です」と、彼は嬉しそうに答えた。

私の〝手の柔道は〟その真逆、掌底、手刀を使い巧みに組み勝ち、同時に仕掛ける。いわゆる居合術のようなものだ。

「三年計画で全国優勝をさせましょう！」と、私は監督に言った。生徒数の多いこの学校でなら楽勝だと思った。

ところが、

「私は理科の教師ですので、優勝には興味ありません」と、つっけんどんに言った。

まるで、私を批判しているかのように聞こえた。

私は頭にきた。

「それなら監督を代わりましょう。私一人で全国優勝を狙います」と、言った。


翌日、理科の教師は練習の終り頃、慌てたように道場に入って来た。そして言いわけがましく言った。

「教材研究が」……

そんな日が数日、続いた。

「明日遅れてくれれば辞めてもらおう」と、私は決心した。

水は高い所から、低いところに流れる。私の目指すところは天辺だ！　その逆、……

次の日、案の定遅れてやってきた。私の頭に血が昇った。

「先生、今日から私一人でやります。理科の教師として、教材研究に励んでください。長い間ご苦労様」と、私はM先生に言った。

（3）部員集め

四月八日、入学式。

全国優勝への最初のアクション。

それは、部員募集。

グラウンドに並んだ約五百人の新入生。前任校の約三倍。

有望な生徒が山ほどいた。

選り取り見取り、とはこの事だ。列の間を歩く私の心は弾んでいた。

これと思う生徒に声をかける。

「放課後、職員室まで来なさい」と、小声で言い、名札を見てノートに控えた。

皆、一様に怪訝な顔をした。

「心配するな。いい話だ。悪いようにはしない」と、言い、笑顔で、首を縦に振り、信頼のできるベテラン教師を印象付けた。

待ち望んだ放課後になった。

恐る恐る生徒達が職員室へやって来た。

ノートには二十名の名が控えてある。

ところが、五名しかこない。

私は隣の席の国語教諭にぼやいた。

すると、

「校区は少年野球が盛んで、運動能力の高い生徒は入学前から希望する部活を決めており、大半は野球部へ入部しますよ」と、教えてくれた。

職員室へ来てくれた生徒は五名、しかし、あきらめない。

前任校では一人も来ない年もあった。

五名の生徒を前に、

「さすがだ。お前達は目が高い。柔道部へ入ってくれ。目指すは全国優勝！……」と、大見得を切る。生徒達は「何を言っているのだろう」と言う様な顔をして、私の話を聞いていた。

「こいつは長身だ。右組で大外刈り、こいつは、今は、上背は無いが、三年後には一七〇センチ位？　左組で背負い投げ」……私は生徒と話をしながら頭の中ではそれぞれに指導する〝手の柔道〟を組み立てていた。

最も目に留まったチームの主役にと思っていた生徒は来なかった。

メモ書きには田中清一、名前に〝花丸〟を入れ、〝ずんぐりむっくり〟と書いてあった。

全国優勝の為の、中核になる人物として、私は彼に白羽の矢を立てた。
「絶対に獲得！」……

教室へ行き、田中を呼び出した。
「何故、職員室へ来なかった？」
「僕は野球部へ入ります」と、無下に一言。……無愛想なやつだ。
だが、私は諦めなかった。
野球部は部員数が多く、レギュラー選手を選ぶのが大変だと聞いていた。
私はすぐに野球部の福谷監督に話をした。
「二年半後には必ず全国優勝をさせる。頼む！」私は両手を合わせて頼んだ。
最初は嫌そうな顔をしていたが、「言ってみる」と、答えてくれた。
それから数日後、田中清一が柔道部に入部してきた。
これで全国優勝への目途が立った。
私は更に、部員勧誘をした。
当初、五名の新入部員が、やがて四十名程になった。
三年生を合わせると約六十名、プレハブ道場が溢れかえった。
生徒達を前にして話をした。
「三年生は一、二年生を鍛えてくれ。東播大会三位入賞が目標！」

「二年生……来年は県大会上位入賞が目標だ」

「一年生……再来年は全国優勝だ！」と、私の頭の中にある三年計画を話した。

その時、部員達が大きくうなずいた。

目標、全国優勝！……こうして、宝殿中学校の三年計画が始動した。

(4)〝手(ティー)〟の教本

全国優勝の前に、すべきことが一つあった。

それは〝手〟の教本の作成。

地区大会、県大会、これから年次ごとに、上のステージへ上がっていかなければならない。

その頃の私には、生徒達の、二年半後の〝手の柔道〟の習得度合いが予想できるようになっていた。

〝手〟の教本の作成は宝殿中学校へ転勤した数日後に決めていた。

今しかない！

口伝伝承の秘儀。〝琉球の手〟

一九七四年に、松田道場の門を叩いてから八年の歳月が流れていた。

一九八二年〝うりずん〟（初夏……沖縄の方言）。

私は三泊四日の休暇を取り、稽古着とカメラを持って海を渡った。

「浅学菲才の身ではありますが〝手〟を、本に書かせてください」と、私は松田先生に申し出をした。

そして、書名については先輩方を交え、話し合い、〝沖縄小林流妙武館空手道入門〟と言う事に落ち着いた。


〝波の上〟から写真撮影を始めた。

その後、〝守礼の門〟〝中城城〟〝勝連城〟〝座喜味城〟。

最北端の辺戸岬から最南端の喜屋武岬まで車を走らせた。

私はそれぞれの城跡に立ち、型を演武した。そこからは太平洋、東シナ海、城下の町や村々、が見渡せた。

すると、〝琉球の手〟……琉球王朝の貴族や民の、いにしえの思いが伝わって来るような気がした。

爽やかな〝うりずん〟の風が吹く中、〝手〟の教本を頭の中でまとめた。

技法はウチナーグチ（沖縄語）で教えてもらう事が多かった。

例えば、〝ティージクンニジレー〟……実は〝正拳突き〟。

松田先生は、私の指導に熱が入るとウチナーグチになる。私はウチナーグチと悪戦苦闘をし、本の原稿を書いた。

そして、翌年一月二十四日、〝沖縄小林流妙武館空手道入門〟の出版に至った。


後日談。

二〇二二年八月のこと。出版してから四十年の歳月が流れていた。

私は松田先生から、この年の六月、山川先輩と共に、沖縄小林流妙武館空手道範士十段を拝した。

この時の様子がユーチューブに出ていると訊き、ネットを検索した。

拳聖・新城平太郎先生の記念碑の前で、〝封じ手〟（型）を演武する私の姿が流れていた。まだまだ未熟。年は取ったが野生児の型。

その後、偶然、『沖縄小林流妙武館空手道入門』、著者：岸本浩一。昭和五十八年発行と記されているのをネット上で見つけた。私の書いた本がネットで売買されていた。なんと、一万二千五百五十円の値が付いていていた。

その本は私に、

「見逃すなよ！」と、アピールをしていた。

家の押入れを探すと、奥から十冊ほど出て来た。

その夜、

「この本をネットで売ることが出来るか?」と、小学五年生の孫に訊いた。

するとと孫は「岸本浩一と書いてあるけど誰ですか?」と聞いたので、「浩大の大おばあちゃんが占いが好きで、一時期、本名を使わず浩一という名を使っていた」と答えると「フフン」と言い、うなずいた。

孫は「出来るよ」と、自信ありげに答えた。

「一万二千五百五十円以上で売れ！　山分けをしよう」と、私は言った。

「うん、分かった！」と、孫は嬉しそうに答えた。

十日ほどが過ぎた。

「売れたか?」と、孫に訊いた。

「まだオンエアーしていません」孫らしからぬ丁寧な言葉が返ってきた。

「早くしろ！　山分けだ」と、私はせかせた。

「分かった」と、孫は答えたが、勢いがなかった。

それから一週間ほど過ぎた。

「売れたか?」と、孫に訊くと、

「オンエアーしませんでした」と言い、又、困ったような顔をした。

考えてみれば祖父の書いた本を孫の自分が売れるわけがない。

仁義の世界。……それが〝手〟……なのかもしれない。孫も以外と古風に育ったものだ。

それ以上、私は何も言えなくなり、浅はかな自分を反省した。

(5) 学校の番犬 2

少し戻る。一九八二年四月。

宝殿中学校の校門前に続く道路には五〇メートル程の桜並木がある。

校門を潜ると直ぐに玄関がある。

入学式の終わった数日後、フルフェイスのヘルメットをかぶった男が大型バイクでこの桜並木の下を玄関前まで直行し、止まった。

「ブーン、ブーン、ブーン」エンジンの、空吹かしをさせる。

桜吹雪が妙に絵になっていた。

悪ガキ達が窓から顔を出し、手を振り歓声を上げる。

それを担任達は制止しようとするが、生徒達は聞かない。

暴走バイクの男は調子に乗り、エンジン音で答え、まるで英雄のように振舞った。

それを二、三度繰り返した。

生徒指導担当の高田俊平先生が駆けつけてきた。

すると、暴走バイクは戻ってこなくなった。

翌日、高田先生が私を校長室へ呼んだ。

心配そうな顔をして私に言った。

「岸本さん、あんたへの着任の挨拶らしい」と、思案気に言った。

私は予期していた。

彼らにとって、私は突然の侵入者だ。

義務教育だけで終えた彼らにとって中学校は心の故郷。そこへ他校からの強面教師の転勤。挨拶なしでは仁義がすたる。

「アジトの場所は分かりますか？　話をつけてきます」と、私は即答した。

「うちの卒業生のTの家がたまり場らしい。あいつら暴力団の予備軍やからなー」と、心配そうな顔をして高田先生が言った。


「どういう具合に退治しよう？」と、私は思案していた。

すると翌日、うまい具合に、アジトへの招待者が現れた。

ボンタンを穿いた三年生の男子生徒二名が、中庭にいた私の所へてやって来て、

「先生、先輩からの言伝や！」と、ため口をたたいた。

私は頭にきたが、抑える時だと自分に言い聞かせた。

私は普段とは違う、上品な教師を演じた。

「言い直しなさい！　生徒指導室で話しを訊きます」と、静かに言い、生徒指導室へ向かって

歩いた。二人は後からついて来た。

生徒指導室の鍵を開け、中へ入った。

すると、二人は慣れているのか？　自分達で折り畳み椅子を広げ、横柄に足を広げて座った。

むかついた。

「誰が座って良いと言いましたか」と、今度も馬鹿丁寧に言った。ところがつけあがり立たなかった。

「調子に乗りやがって」と思った。

「立てー！」百八十度言葉を変え、怒鳴った。

すると、二人は飛び上がるように立ち上がった。

私は椅子に座り、二人は立たせたままにした。

「何の用事や！」私は椅子にふんぞりかえり、意識してドスを利かせた声で訊いた。

これが私の本性、……

「先輩が先生にお話があるそうです」と、答えた二人の態度が一変していた。

「いつでもいい、そう言うとけ！」と、私は答えた。

翌日、放課後になったが生徒は返事を持ってこなかった。

「待つのは面倒臭い。出向いてやろう！」と、私は思った。

外人部隊に入隊しようと思っていた頃の、荒々しい自分に戻っていた。

私は乗り込むための方法を考えた。

武器が必要だ。

私は秘策を思いついていた。

私は事務室から荒井中学校部活動後援会の川崎さんに電話を掛けた。

川崎さんが電話口に出た。

「何や、先生。困った事でも出来たんか？　宝殿中学校はどないや？」川崎さんが、心配そうに言った。

「お願いがあります。今すぐストリップ劇場の招待券を何枚か頂けませんか？　貰いに行きます」

「ウッフフフ、先生が見に行くんか？」

「今回は、私は行きません」

「何枚いるのや？」

「五枚ほどです」

「今、二枚しかない、一日待ってくれ」

川崎さんは、姫路にある劇場の支配人との親交があった。

事務室の川口さんと駒田さんが、怪訝な顔をして聞き耳を立てていた。

翌日、川崎さんが宝殿中学校へやって来た。

私は生徒指導室へ案内した。

川崎さんが「ホラッ」と、言い、封筒を出した。中を見ると〝国際ミュージック〟の無料券が五枚入っていた。

「何に使うのや？」

「実は宝中卒業生の暴走族のグループから呼び出しが有って」

「ついて行こうか？」

「いや、武器が手に入ったのでこれで攻めてきます」

「ハハハハハ、手懐ける訳や、ハハハハハ」

「そうです。子分にしようとおもっています」

「ハハハハハ、子分にねー。先生らしいわ、ハハハハハハ」

川崎さんは大声を上げて笑った。


さっそくその夜、武器を懐に忍ばせ、アジトへ行った。

玄関前の道路には三台の大型バイクが止めてあった。

言葉一つで乱闘に繋がる。

武器は五枚の〝ストリップ劇場〟の招待券、筋書き通りにいくかどうか？……分からない。

〝手〟は出来るだけ使うまい。と、強く意識した。

「今晩は！」……私はアジトのドアを叩いた。

返事が無い。

再びドアを叩いた。

出て来ない！

私は待つことには慣れていない。……攻撃開始。

ドアノブをひねる。

すると、簡単にドアが開いた。

タバコの煙が目に飛び込んできた。

その向こうに、くわえタバコでマージャンをしている四人の姿が目に入った。


筋書きのないドラマの始まり。

入り口と対面に座っていた一人が私に気が付いた。

「あんた誰や？」と、不審げに言った。その言葉に他の三人が反応した。

「宝殿中学校の岸本です」と、私はゆっくりと名乗った。……上品な教師の仮面をかぶった。

すると、四人の麻雀を打つ手が止まった。

「後輩からの伝言を承りました」と、へりくだって言った。

四人は不審気な顔に変わった。

「誰にこの場所を訊いた？」と一人が言った。後で分かった事だが、こいつが私を呼び出したTだった。

「高田俊平先生から訊きました」と、私は答えた。

すると、

「俊平さんは元気か？」と、他の一人が訊いた。

意外にも戦闘的ではない声が返って来た。

「お元気ですよ！　酒とマージャンに明け暮れています」と、私はまだ上品な教師を演じ、高田俊平先生を出汁にした。

「やっぱり！……俊平さん、いつも酒臭い匂いをさせて社会科の授業をしとったわ」と、Tが言った。

すると、

「よー言うわ。お前、ずっと寝とったやないか！」と、一人が言った。

少しずつ空気は和んでいった。

四人は麻雀を止め、中学時代の話をしだした。

喧嘩、恐喝、鑑別所、彼らの頭の中では、すべてが昇華され、美化されていた。

始末の悪いことに、反省の色は殆どなかった。

悪ガキ達の、中学時代の思い出話は尽きない。

私は黙って聞き役に回っていた。

すると、

「先生、麻雀に入れ！」と、Tが勧めた。

「麻雀知らんのや」と、私は答えた。

人間の心理とは微妙なものだ。

高田先生の名を出した時から、険悪な雰囲気が少しずつ解れて行った。

生徒指導の高田先生は卒業生の悪ガキ達にまで影響を与えていた。

こうして、私と暴走族との間に友好的関係が成立する。

学校には番犬教師が必要だ。やがて、この番犬役を私が引き継ぐ事になる。

「十八歳以下の入場はお断りします」と書かれた武器は、最後まで使うことは無かった。

川崎さんの所へ、報告を兼ねて武器の返還に行く。

すると、

「若い先生の研修に使え、只、有効期限に気を付けろ」と、言った。

有効期限を見た。一週間しかない。

私は慌てて研修に該当しそうな先生を思い浮かべた。

(6) スカウトマン

一九八二（昭和五十七）年八月二十三日、前任校の荒井中学校は予想通り群馬県で行われる第十三回全国中学校柔道大会へ駒を進めた。六年間連続出場！　近畿大会では四度目の優勝を果たしていた。

私は一年程前を思い出し、弦巻中学校の観客席を見まわした。

まだ、私が荒井中学校の教師だった時の話。

私は校長室へ呼ばれた。

中へ入ると、スーツ姿の中年男性が応接椅子に座り、校長と話をしていた。

私は、校長の横に座った。

すると、男は立ち上がり、私に名刺を差し出した。

見ると、東京に本社のある某塗料会社。

東京にある柔道の私塾、講道学舎のオーナー会社が社名に書いてあった。

塾生が通う弦巻中学校は、全国大会出場の常連校。

私は今、大学一年生になる、中谷靖と荒井圭介をスカウトに来た男の事を思い出した。

前回のスカウトマンの口上はこう。

「田舎の中学校に置いても強くなりません……」私に、四年前の腹立たしい記憶が蘇った。

スカウトマンが話し始めた。

「田舎の中学校に……中谷弘君と坂田博君を寄こしてください……」前の時の口上と、何の変わりもなかった。

私の頭に血が上った。

「エーかげんにしてください。確か五年程前、御社のスカウトマンが荒井中学校へ行かれましたよね。その時対応させていただいたのは私です。その時の口上と、今日の貴方の口上は、何らあの時の人と変わりませんよ」と、私は言った。

「エッ」スカウトマンは驚いたような顔をした。

「あの時、貴方達の言う通り、田舎者の荒井中学校の生徒達は全国大会で準優勝しか出来ませんでした。しかし荒井中学校が決勝戦で敗れたのは、弦巻中学校ではなかったですよ」と、スカウトマンを皮肉った。

その後、

「来年は全国優勝をします。決勝戦でお会いしましょう」と、私は笑いながら言ってやった。


第十三回全国中学校柔道大会会場へ話しを戻そう。

決勝戦。

対戦校は弦巻中学校。

私も選手達の後ろに座らせてもらった。

飛松、久保山、古賀、宮地、矢ケ部、五人は小学生デビューの怪物中学生。

「田舎の学校にいては強くなれない」と、スカウトマンに誘われて集まった選手達だろう。

「中谷をマークすれば大差で勝てる」と、弦巻中学校の監督は計算していたに違いない。

時が来た。

「〝手の柔道〟を見せつけてやれ！」私はそう思った。

始まった。

先鋒、荒井中学校、吉政和彦VS弦巻中学校、飛松和雄。

吉政が内股、飛松は背負い投げ、
お互い激しく攻め合った。

勝負は互角。……やがて時間が来た。引き分け。

「敵ながらあっぱれ！」だと思う反面、頭の中では吉政を批判していた。


次鋒、荒井中学校、坂本創平VS久保山輝実。

久保山が先制攻撃、内股、体落しで積極的に責める。攻撃型の柔道。坂本はおっとりした性格。

久保山は坂本を攻め立てる。だが動じない。ティージクン、シメー（正拳による締め）。坂本の性格を意識して指導した〝一寸の突き〟。

完璧に相手の技を封じ、捌いていた。

坂本は、そこから出来るチャンスを逃すまいと攻め立てたる。〝手に先手なし〟……後の先。

それでも久保山が攻め立てる。

これも弦巻中学校にとっては想定外。

しかし、これが〝手の柔道〟だ。多少の力量の差を、ものともしない事を立証した。やがて三分が過ぎた。引き分け。


中堅戦。

荒井中学校は負傷した松本に代りに魚住和充が出場。相手は古賀稔彦、弦巻中のポイントゲッター。彼は、天才中学生柔道家と呼ばれていた。

強烈な背負い投げが武器。

始まった。

古賀が攻め立てる。魚住は幾度か捌いた。が、背負い投げで有効を取られる。

古賀はさらに激しい動きで攻め立てる。技の質は荒井中学校の魚住を凌駕していた。

だが魚住は諦めない。

「それでいい、エネルギーの消耗を！　古賀をもっと動かせろ！」

古賀が仕掛ける。背負い投げ。魚住の身体が大きく宙に舞った。

「技あり！」審判が、右手を水平に振り宣告。古賀は放さず袈裟固に入った。魚住は必死で逃れようと動いた。

「それでいい！　もっと動け」と、私は、心の中で叫んでいた。

二十五秒。魚住は必死で動き続けた。

「合わせて一本」主審の手が高々と真上に上がった。

弦巻中学校の観客席から歓声が上がった。

だが、古賀が乱れた呼吸を隠していることを、誰も知らなかった。

「よくやった、それでいい！」私は心の中で魚住に言った。

「もう一年、早く転校してくれていればいいものを」とも思った。


副将戦、荒井中学校、坂田博、対するは弦巻中学校、宮地秀之。宮地は身長一七二センチ、体重九〇キロの巨漢、坂田は身長一六八センチ体重六八キロ。

荒井中学校には後がない。

その時、観客の誰もが弦巻中学校が優勝するだろうと予想した。

「中谷まで回せ」私は心の中で叫んでいた。

宮地が攻める。

払い腰、内股。多彩な技。坂田は背負い投げ、小内刈りで応戦する。

中盤、宮地の払い腰。

……坂田がティージクン、シメー一寸の突き、同時に腰で捌く。その時、宮地が畳を叩くようにどっと倒れた。

坂田が瞬間に仕掛けた微妙な技法。これが〝手の柔道〟……。

三人の審判が試合場中央に集まった。

合議。

宮地に無理な巻き込みで「注意」が与えられた。

「時間、早く時間が来い！」……タイムオーバーを荒井中の応援団の誰もが願っていた。

体力に勝る宮地は意地になって攻め立てる。坂田はティージクン、シメー。後、間髪おかずに攻めかかる。

技の応酬。

「あと少しで時間が来る、粘れ！」私は心の中で叫んでいた。

その時、宮地が内股を仕掛けた。

坂田は捌こうとした。が、甘かった。

乗ってしまった。……「有効」。

同じ立ち位置、お互いが攻め合う。しかし、時間が来た。

「注意」と「有効」が相殺され引き分け。

私はこの瞬間、荒井中学校の優勝を確信した。

中谷が矢ケ部から一本を取り、代表選で古賀を破り優勝。

しかし、観客は逆にこの瞬間、弦巻中学校の優勝を確信していた。

矢ケ部が中谷と引き分けにしてくれる。

大将、荒井中学校、中谷弘VS弦巻中学校、矢ケ部光昭、二人ともに、ポイントゲッター。

矢ケ部は小学柔道で名前を馳せ、講道学舎へスカウトされた逸材。

引き分ければ弦巻中学校の勝ち。

弦巻中学校の応援団は引き分けで良い、と思っていた。

しかし、荒井中学校の中谷弘は全国大会に来てからも、一試合ごとに進化し続けていた。

中谷は攻め立てた。

一本を取る事しか頭の中にはない。

矢ケ部も大内、体落としで応戦、あくまで強気の姿勢を崩さない。

試合開始後、一分程が過ぎた。

矢ケ部が組みに出た。中谷は掌底で捌き、前に出た。

〝手の柔道〟

組んだ。中谷の組勝ち。

矢ケ部は嫌がり、逃げる。

その時、中谷の左払い巻き込み、矢ケ部が中谷の腰に乗り、宙に舞った。

「一本!」審判の手が高々と真上に上がった。

一対一の同点。

代表決定戦になった。

中谷弘VS古賀稔彦。

中学柔道史に残る、最強同士の戦いだ。

中谷は試合場中央に躍り出た。

古賀も躍り出た。

二人は共に柔道の申し子と言ってもいい。

試合が始まった。

古賀が攻め立てる。

「弘！　慌てるなよ、少し待て！」と、私は呟いた。

古賀が小内、背負い投げで攻め立てる。私はこれを待っていた。観客には見えないが、古賀には魚住戦の疲れが残っている。その疲れは少し動いた後、現れる。

体重差のある中谷を相手に、古賀は果敢に攻め立てた。古賀の性格と意地が、間を置く事への妥協を許していなかった。そして、疲労度を増した古賀は苦し紛れに足取りをした。

思惑通り。

「古賀の心が折れた！」私はそう思った。

中谷は見逃さなかった。〝内股〟……瞬間、古賀が宙に舞う。

「一本！」……主審が右手を真上にあげて宣言した。

中学デビューの素人集団が、小学デビューの集団を打ち負かし、全国優勝を果たした瞬間だ。

柔道部員、全員が集まって来た。

松陰監督に続き、池田コーチ、その後、私も胴上げの標的になった。

一四五センチから一八三センチ迄の部員達。

著しい段差。困ったものだ。

しかし、私の目から涙が溢れ出た。


籠谷先生に電話で優勝報告をした。

「先生、お願いがあります。三年生部員全員に金メダルを作ってやってください」と、言った。

「帰ってくるまでに間に合うかどうか？……いや、作ってもらう！」と、籠谷先生が答えた。

市長への報告が終わり、
荒井中学校の三年生柔道部員十三名が、市の庁舎から誇らしげな顔をして出て来た。全員の胸に金メダルが輝いている。
私は大勢の市民に混ざり拍手を送った。

この時迄の荒井中学校の大まかな戦績を抜き書きしてみよう。

兵庫県大会六年連続優勝。

近畿大会、優勝四回、準優勝一回。

全国大会、優勝一回、準優勝と三位。

全校生徒数五百人程の小規模校、中学デビューの素人集団が残した戦績だ。

〝手の柔道〟

だが、その時、荒井中学校には、私の存在は無かった。

私は宝殿中学校の教師。

(7) 捲土重来

八月二十五日、私は沖縄へ渡り、松田先生に荒井中学校が全国優勝をしたことを報告した。

〝かぎやで風〟

松田先生が三線を奏で、歌ってくれる。これが琉球の声。

その後、松田先生と「波の上」の屋外道場へ行く。

東シナ海は不思議なほどに凪いでいた。

〝ナイハンチ初段〟から始まる。

〝ルーシミリ（体固め）〟〝サバキ〟……私は型を使う時、〝シメー（締め）〟を意識した。

心地よい汗がほとばしり出る。

ペットボトルのシークァーサー水を一気に飲み干す。

滝のような汗に変わる。

見上げた空に少し秋の気配を感じた。


九月一日、宝殿中学校柔道場。

プレハブ道場に部員達が集まって来た。

三年生は東播地区大会が終わった時、引退させた。

二年生、栄徳俊彦、石坂、小杉、北の四人。全国優勝を競うには時間が少ない。

荒井中学校に残してきた彼らの同級生、小山や勝江達と比較した。

「三つ子の魂百まで」と言う諺がある。

初心者の彼らに、叩きこんだ〝手の柔道〟

「残念だが、まだ宝殿中学校はこいつ等には勝てない、荒井中学校の全国大会七年連続出場は間違いない」と、私は思った。


「お前が今日から柔道部を引っ張ってくれ」と、キャプテンの栄徳に言った。

「一年半後は全国優勝だ……」私は部員達を前に宣言した。

踏み台……栄徳、石坂、小杉、北の四人を前に、「時間が無い」と、心の中で言い訳をした。

その時、校門横に建設中の、武道場の基礎工事は終わっていた。

「さあ、やるぞ！」私は、心の中で叫んだ。

そんな時、大阪商業大学空手道部の後藤研一から連絡が入った。

「先生、ありがとうございます。おかげで卒業できそうです。今年は全関西選手権で準優勝することが出来ました」

「それはよかった。就職は？」と、私は訊き返した。

「大阪府警へ入ります」と、後藤が答えた。

「高砂へ帰ったら道場へ顔出しをしろ。飯でも食おう」と、私は言った。


付け加えておこう。

後藤研一はこの後、一九八九年、カナダ、バンクーバーで行われた、ＫＡＲＡＴＥワールド・ポリスファイヤーゲーム、組手、七〇キロ級で金メダリストになる。その後、バンクーバーのスワット特殊部隊員に〝琉球の手〟を指導した。

彼は小学生時代から塾通いをして日本でも指折りの、英才教育、名門中学校に合格した。しかし一年で中退、地元公立中学校へ戻った。そこで待っていたのもいじめ、彼は不登校に陥る。

それを救ったのが〝琉球の手（ティー）〟

……私は、そのギャップの大きさが可笑しかった。

終章　エピローグ

認識したことが有ります。

「おもしろきこともなき世をおもしろく」高杉晋作の辞世の句です。

「住みなすものは心なりけり」は、高杉晋作の知人（野村望東尼）が後半の句を書き添えたそうです。

人生を、面白く出来るかどうかは自分次第だと言う事です。


私の高校の後輩で、この言葉をあたかも意識したかのように実践している男がいます。

この男は、人生の後半で日本語学校の立ち上げを志しました。

私は小説家デビューをしたばかりでした。が、その男から声がかかりました。

「校長をしろ」と、言うのです。

引き受けました。

約一年後、紆余曲折を経て、やっと認可が下りました。

ところが、そこへコロナ禍、留学生などおりません。

しかし彼は、給料を払わなければならないのです。めげずに一生懸命に給料を支払い続けました。

それどころか、

「おもしろきこともなき世をおもしろく」

彼は次の行動を開始しました。

姫路に夢前川と言う清流があります。そこへ「障がい者」の居場所を作るのだと言い、土地を五千坪程用意したのです。

「共生社会の構築」彼は社会福祉を志しました。

三年が過ぎた頃、コロナ禍が落ち着くと日本語学校には大勢の留学生が入ってきました。

私は特別顧問に昇格し、今度は社会福祉に携わる事になりました。

今回を〝琉球の手（ティー）〟の上巻としましょう。

〝琉球の手〟……多くの人々との繋がりの中から生まれたノンフィクション・ノベルは続きます。

岸本　美一（きしもと・よしかず）

1948年兵庫県生まれ。1970年天理大学体育学科格技コース卒業。1970年～2008年（公立中学校教諭・教頭・校長）。2008年～2011年ハーベスト医療福祉専門学校学生部長・教頭）。2018年～（株式会社SBC姫路日本語学院校長・特別顧問）。特定非営利活動法人未来塾・理事長。「ミライエ」障がい者を支援する会・事務局長。沖縄小林流妙武舘空手道範士十段・柔道六段

琉球の手（ティー）　沖縄古来の実戦的武術と柔道の融合を目指して

2023年8月26日　第1刷発行

著　者　岸本美一
発行人　大杉　剛
発行所　株式会社 風詠社
〒553-0001　大阪市福島区海老江5-2-2
大拓ビル5-7階
Tel 06（6136）8657　https://fueisha.com/
発売元　株式会社 星雲社
（共同出版社・流通責任出版社）
〒112-0005　東京都文京区水道1-3-30
Tel 03（3868）3275
装幀　2DAY
印刷・製本　シナノ印刷株式会社

ISBN978-4-434-32545-8 C0093